リョウが案内された浴室は、
なんとも豪華だった。
赤い薔薇（バラ）がこれでもかと
浮かべられ…

「ア、アラン……？」
「ク、クリス君も……!?」

「服……？
寝るときは
着ない」
ヘンリーが
ベッドから降りようと…

「私が責任を持ってリヨウ様をお助けしますから！」
と言ってガッツポーズをとるシャルロットちゃん。

ゲスリーは
私の頰に
手を添えた。
「泥がついてる。
飛沫が少しかかったようだ」

「リョウ⁉
どうしたんだ⁉」
アランを見て心底安心した私は
思わず駆け寄った。

「アラン、よかった……！」
私はそう言ってアランに体当たりするような勢いで抱きつく。
良かった！　アランだ！

INTRODUCTION

新たな火種

ゲスすぎる王子・ヘンリーの婚約者となってしまったリョウ。
各地への挨拶周りの道中、なんと何者かから命を狙われてしまう。
黒幕がいるのではないかと落ち込んでしまうが、
元気を取り戻す出来事にほっとさせられた。
また、リョウのことを思ってヘンリーが護衛を呼んでくれていた。
その中には、懐かしい顔ぶれがあって、リョウはさらに安心する。
しかし、やっぱり様子のおかしいヘンリーや、
カインとの関係もギクシャクしてしまうなど、
新たな火種がリョウを悩ませることになる。
そして、ヘンリーとリョウたちの関係性にも大きな変化が起こる。
そのキーワードは「魔法」。
謎を解くカギは一体……!?

転生少女の履歴書

10

唐澤和希

ヒーロー文庫

転生少女の履歴書
てんせいしょうじょのりれきしょ
10

CONTENTS

Ryo=Rubyforn
リョウ=ルビーフォルン　F

王城内王族居住区域　百合の庭園内星の宮

FAMILY
親代わり　コウキ
養父　バッシュ=ルビーフォルン
養母　グローリア=ルビーフォルン　義姉　ガラテア

illustration 桑島黎音

イラスト／桑島黎音
装丁・本文デザイン／5GAS DESIGN STUDIO
校正／吉田桂子（東京出版サービスセンター）
DTP／鈴木庸子（主婦の友社）

この物語は、小説投稿サイト「小説家になろう」で
発表された同名作品に、書籍化にあたって
大幅に加筆修正を加えたフィクションです。
実在の人物・団体等とは関係ありません。

プロローグ　コウキとユーヤ

地面にしゃがみこんで呪文を唱える少年を見下ろす。

アタシと同じ赤銅色の髪の毛。真ん中のつむじがよく見える。

リョウちゃんの友達で、精霊使いのユーヤ君だ。

シロカちゃんの足にはめていた光の魔石に、アタシがボロボロの衣服を着て倒れているような姿が見えたらしく、わざわざ探しに来てくれたとかいうものすごいいい子。

まあその時のアタシは、確かに服はボロボロだったけれど、生物魔法とかいう魔法のおかげで傷一つなかったのだけどね……。

アタシはそっと、本来なら死に至る傷を負っていたはずの自分のわき腹のあたりを手で押さえた。

あの時のアタシはひどい有様だった。

服は崖から落ちる時に引っかかった木の枝や岩肌で大きく破れたようで、ほとんど原形をとどめていない状態で濡れそぼり、泥や血で汚れていた。でも……崖から飛び降り、激流に飲まれたはずのアタシの体に傷はなかった。

生物魔法は、アタシが思っているよりも、恐ろしい魔法かもしれない。

あの太陽みたいな明るい金髪の可愛い女の子は、いつもとんでもないことを思いついたり発見したりしてはすぐ無茶をする。

アタシはいつもハラハラさせられっぱなし。

でも、今までは、ハラハラさせてくれること自体をどこか楽しめる余裕があった。

ただ、この魔法については……ハラハラどころでは済まない。

アタシはその生物魔法の中でも、最初にリョウちゃんに聞いた自分の傷を癒やすことができる呪文しか覚えていないけれど、リョウちゃんは他にも呪文を覚えていた。

例えば、他人の傷を癒やす魔法。

アタシが今こうして生きているのも、その時リョウちゃんが他人を癒やす呪文を見つけてくれたから。

けれど、そのせいでリョウちゃんに大きな重荷を背負わせることになってしまった。

今となっては、あの時アタシのことなど見捨ててくれた方が、良かったのかもしれないとさえ思えてくる。

おそらく、リョウちゃんはこの生物魔法の存在を最後まで隠し通すことはできない。

この魔法にはそれほどの力、魅力がある。

リョウちゃんのことだから、もし誰か大事な人が傷つけば魔法を使ってしまうだろうから。

「やはりだめだ。森の中は木の影で光が差さないから、光の精霊魔法が使えない」

そう言ってユーヤ君が、首を横に振って立ち上がった。気落ちしてるのか、顔色が優れない。

確か今年十六歳なのよね。年齢の割にはしっかりしていて大人びてる。

今アタシは、ユーヤ君と一緒に、こっそりリョウちゃんの後を追っていた。

我ながら、ちょっと子離れできてない気がするけど、やっぱり心配だし。

リョウちゃんは少し先に進んでいるんだけれど、アタシとユーヤ君はリョウちゃんが何者かに襲われたこの場所で、犯人捜しをすることにした。

彼は光の精霊魔法が使えるので、条件さえ揃えば過去の映像を見ることができるのだけど、今回はその条件が揃わなかったみたいね。

「そう落ち込まないで。少なくとも、黒幕は剣聖の騎士団で間違いないのははっきりしてるもの」

アタシはそう言ってアレクのことを考えた。

まさかアレクがここまでやるなんてね。

向こう見ずで、頑固で、すぐ無茶をして、一見怖いし近寄りがたいところもあるけれど、一度懐に入れた者に対しては情が深くて優しかった……。

そんなアレクが、自らの野望を叶えるためにリョウちゃんを殺そうとまでするなんて……正直信じられない。

それとも、アタシが彼の本当の姿を見誤っていたのだろうか。

アレクには、国を、魔法使いを恨む理由がある。目的のためならもう手段は選べない段階に来ているのかもしれない。

けれど、やっぱりアレクらしくないと思う。

どちらかといえば、手口がルーディルっぽいのよね。というか間違いなく発案者はルーディルよね。こんな回りくどいやり方。

細身でいつも気難しい顔ばかりしてる彼。

行き当たりばったりなアタシたちの中で、いつも冷静に物事を見てくれていた。

アレクが突っ走る時、その歯止め役を買うことも多かった。

でも、彼の魔法使いに対する憎悪はおそらくアタシたちの中でも一番だったと思う。

ルーディルもルーディルなりに、リョウちゃんを可愛がっていたとは思うけれど、必要とあれば情を捨てることもできるかもしれない。

「剣聖の騎士団は、革命家のアレクサンダーが関わってると聞いている。アレクサンダーは……コウキさん、貴方の知り合いですよね？」

ユーヤ君から突然そう切り出されて、少し息を飲んだ。

なんて答えようかと少し口を噤んでいると、慌てたようにユーヤ君が口を開いた。

「あ、いえ、別に責めているわけではないんです。その、貴方のことは信用してます。リョウ嬢の保護者ですし、彼女を想う気持ちは本当のようですから」

「そう、それじゃあ、アタシと剣聖の騎士団のことを聞いて何を確認したかったの？」

「ただ、貴方が革命家のアレクサンダーと親しいとしたら、貴方と深い繋がりがあるリョウ嬢にもアレクサンダーとの繋がりがあるのかもしれないと思って……。もしそうなら、あんまりな話だと……」

　なるほどね。要はこの子もアタシと同じことを心配してるってことか。

　リョウちゃんが、親しい人に命を狙われてることに傷ついてないかって、危惧してるのよね。

　あらーやっぱりいい男じゃない。強いて言うならもう少し筋肉があれば最高なのだけど、魔法使いだから仕方ないわよね。

　リョウちゃんったらほんと、隅に置けないわ。アタシに似たのね。

「大丈夫よ。だって、リョウちゃんには、ユーヤ君みたいな優しい子たちが、側にいてくれてるのだもの」

　今だって、シャルロットちゃんにアズールちゃんにカイン君がリョウちゃんの側にいてくれる。

　リョウちゃんは口にこそしないけれど、アレクたちのやり方に戸惑って、傷ついてる。

アレクたちのことを本当の家族みたいに慕ってくれていたもの……。

本当は側（そば）にいて、支えてあげたい。大丈夫だと言って、傷一つつかないようにいつまでも守ってあげたかった。

でも、もうそれはアタシの役目じゃない。

「そうですね」

ユーヤ君も、彼女たちの存在を思い出したのか、少し強張っていた顔が柔らかくなった気がする。本当にいい子だわ。あともう少し年齢が上だったら、アタシがいただきたいくらい。

あ、そういえば……。

「どうして、ユーヤ君は、アタシがアレクサンダーと関わりがあると知っているの？」

「ああ、その……隠していたわけではないのですが、おそらく私とコウキさんは親戚です。コウキさんは、コウキ＝ヤマサトさんですよね？」

突然飛び出してきた懐かしい名前に目を見開く。

ヤマサトは、アタシが十五になるまで名乗っていた家名。

「小さい頃よくヤマサト家の兄弟の話を聞かされました。その、教訓のような形で……」

とユーヤ君は言いづらそうに話す。

あーわかった。みなまで言わなくともわかったわ。

「なるほどね。アタシたちの悪名が轟（とどろ）いてたわけね。それもそうよね。弟のセキは王女様と駆け落ちをするし、アタシも突然家出するしだものねー。しかもアレクサンダーとの関わりを疑われて」

あの後実家は相当国に睨まれたらしい。おそらく実家だけじゃなくて、親戚中で肩身の狭い思いをしたと思う。

「気づいたきっかけはリョウ嬢に、私の髪の色がコウキさんに似ていて素敵だと言われて舞い上がり……ではなく！　その時、そういえばセキ様がルビーフォルンにいるという話を思い出して、名前も一致してるのでもしかしてと調べるうちに確信に変わったという感じです」

そういうことね。それにしてもリョウちゃんたら、なんて罪作りなことを隠れて言ってるのかしら。恐ろしい子。

「ごめんなさいね。色々それで肩身の狭い思いをしてなければいいのだけれど……」

「いえ、特にそんなことまでは。昔の話です。ただ……幼い頃はわかりませんでしたが、今ならわかります。魔法使いに妹を殺され国を恨んだアレクサンダーの気持ちも」

そう言って、ユーヤ君はどこか遠いところを見た。

自分の妹のことを思い出しているのかもしれない。

ユーヤ君には、今学園に通ってる妹がいるってリョウちゃんから聞いたことがある。大事に思っているのでしょうね。アレクも妹のフィーナには甘かった。

アタシにとっても大事な友人で、ルーディルにとっては愛しい恋人だった。

「けれど、だからといって、今彼らがやっていることをアタシは許すつもりはない」

アタシがそう言うと、ユーヤ君はハッと顔を上げて頷いた。

「もちろんです」

「アタシ、リョウちゃんたちより先にグエンナーシス領に行って、彼らの動向を探ってみる。もしかしたら、アレクを止められるかもしれない」

リョウちゃんの命を狙うのは、やっぱりアレクらしくない。

ルーディルの独断の可能性がある。確信は持てないけれど、確かめたい。

「私も一緒に行っても？」

「……いいけれど、リョウちゃんの側から離れないつもりかと思ったわ」

「そのつもりでしたが、彼女の側で守るのは私の役目ではありません」

そう真剣な顔で言うユーヤ君がまた凛々しい。素敵。食べちゃいたい。

本当に、リョウちゃんはいい友人たちに恵まれたわね。

……ねえ、アレク、アタシたちの子はとっても素敵な子たちに囲まれて、とっても素敵に成長したっていうのに、貴方は一体何をしてるのかしら。

もし会えたら、一発はひっぱたかせてもらうから覚悟して待ってなさいね。

第五十章　スピーリア公爵領編　初めてのお泊まり

揺れる馬車の中で、今までのことを想った。

思えば今まで色々あった。というかありすぎた。

寂れた農村に生まれて、貴族の小間使いになって、親分にさらわれて山賊になったと思ったら、貴族の学校に入学して、商人になって……今は次代の国王と名高い王族の婚約者だ。

商人以外は、自ら進んでその立場になったわけじゃないというのが切ないところだけど、どの時においても、楽しいと思えることはあった。

その中でも特に、山賊時代は私の中でも特別で……。

そこで出会った親分たちのことを思い出すと、とても懐かしくて温かい気持ちになる。

本当の家族はガリガリ村にいるけれど、家族との思い出と問われたら、真っ先に親分たちと過ごしたあの山暮らしを思い出す。

そう、彼らは、私にとって家族のような、いや、本当の家族よりも家族そのものだった。

けれど、今の私はその家族だと思っていた人たちに命を狙われている……。

やっぱりと思う気持ちと、受け入れたくない気持ちが一緒に湧いて、胸が痛んだ。

……だって、やっぱり、信じていたかった。

だって親分、本当に？

私、あの時、本気で命を狙われていた。

一歩、本当に一歩間違えてれば、あの矢は確実に私の喉元に命中していた。

しかも放たれた矢は王国騎士の矢。

それはおそらく、私の死を利用して革命を起こす大義名分を得るためだ。

王国騎士の矢で私が死ねば、疑われるのは国だから……。

戦争を起こすためだけに、私を殺そうとしている……。

親分が、そう命じたの？　いや、もしかしたら、親分が直接あの矢を射ったのかもしれない……。

「リョウ殿、少し窮屈でしょうが、もう少しの辛抱ですから」

窓を閉めきった薄暗い馬車に揺られて物思いにふけっていると、アズールさんの声がかかって私は顔を上げた。

心配そうに少し微笑(ほほえ)みながら私を見るアズールさんと目が合う。

アズールさんは、いつもの侍女服ではなくて騎士服に身を包んでいた。

先日何者かの襲撃を受けた後、私は物々しい護衛たちに囲まれながら移動することになって、アズールさんの武装も私の護衛のため。もと王国騎士ということもあって特別に許可が下りたのだ。

加えて私の乗る馬車には、必ず護衛の騎士が二名ほど同乗した。

シャルちゃんという親しい友人と一緒にキャイキャイできたのは初日までだ。

これで、私の乗る馬車内には、三人の帯刀した騎士が乗っているということになり、馬車の外も隙間なく騎士たちが並走している。

大袈裟なまでの護衛だけど、それも仕方がない。

道中に突然私を矢で襲撃した人は、結局捕まらなかったのだ。

結構ギリギリまで矢を射ていたはずなのに、あの場から逃げおおせたらしい。

あの時私を狙った弓の腕前はかなりのものだったし、手練れなのだろう。

まあ、もしかしたら追っていったゲスリーの華麗なる近衛隊が使えなかったとかいう可能性もあるけれども。

……正直近衛隊の人って見た目で選ばれた感じがあるので、剣とかの腕前が微妙説はある。カイン様は別だけど。

ということで、現在私は物々しい護衛に守られてはいるけれど、正直安心はできない。

だって、私の命を狙う人は、もしかしたらこの王国騎士の中にもいるかもしれないのだから。

私の馬に当たった矢には王家の紋章が刻まれていた。

あれは、王国騎士が使う矢羽だ。

あの襲撃については、金銭目当てで何者かが襲ったのかもしれないとか言われてるらしいけれど、王国騎士の印章が刻まれた矢をそこらへんの賊が持ってるわけない。

ただ、あの時の矢はゲスリーが魔法で崩したので、証拠は何も残っていないけど。

もしかしたら、わざとゲスリーは消したのかな……。

王国騎士が私を襲ったという話が広まるだけでもちょっとやばそうだもんね。国と、ルビーフォルンの諍いの種になる。

とはいえ、あの飄々として何考えてるかわからないゲスリー殿下が、そこまで考えてるかどうかちょっと疑わしいけど。

何か国の未来のことなんてどうでもいいぐらいのこと思ってそう。ゲスリーだし。

うーん、こんな状況だと、どうしても気持ちが鬱々として、暗いことばかり考えちゃうな……。

窓も不用意に開けられないので、馬車の中は実際暗いし。

そう思っていると、外から賑やかな声が聞こえてきた。

アズールさんが小窓から外を窺ってから私の方を向く。

「どうやら、次の街、スピーリア領の領都バッセルエラに着いたようであります」

どうやら向かっていた宿泊予定地に着いたようだ。

グエンナーシス領までの旅は、私とヘンリーの婚約を各領地に示すような意味合いもあった。

そのため、通り道にある領地では、各領主様の歓待を受けながらお泊まりする感じでスケジュールが立てられている。

馬車が襲われたという事件があってもそのまま先に進んだのは、各領地に挨拶に回るとすでに伝えているのも理由の一つだ。

何者かに襲われたからといって逃げ帰ってしまったら、各領主の皆様への面目が立たないみたいな感じなのだ。

馬車が街の入り口に着くと、私はゲスリーにエスコートされて馬車を降りた。

何食わぬ顔でエスコートされたけれども、彼と顔を合わせるのはあの襲撃以来だ。

馬車の外では、スピーリア領のバッセルエラの人々がたくさん集まっていて、私とゲスリーの到着を歓迎するように大きな歓声で迎えてくれた。

大きな門の前でバッセルエラの人たちが二手に分かれて道を作ってくれて、私とゲスリーはその道を通る。

ちょこちょこ花びらなどをまいてくれたりと華やかで、少し気持ちが軽くなった。

まあ色々悩んでいたってしょうがない。

もちろん警戒する必要はあるけれど、私たちは一度目の襲撃を退けた。

そして今は次の襲撃に備えて、態勢を整えて警戒を高めている。

襲撃者にとってもやりづらいはず。

私は気持ちを切り替えて手をフリフリしつつ集まってくれた人たちに笑顔を向けた。

挨拶回りも兼ねた滞在だ。王族の婚約者としての仕事をせねば。

そう思いながら、集まってくれている人たちを見ていると、少し先のところにどこかで見たことがある赤茶の髪色が目に入って思わず息を飲む。

コウお母さんだ。

着ている服は明らかに女性用のもので変装しているようだけど、コウお母さん大好きクラブ会長の私の目は誤魔化せない。

ああ！　コウお母さん無事だったんだ！

いや、手紙をもらってたから、無事なんだとは思ってたけれど、でもやっぱり実際に姿を見てないので不安な気持ちがあって……。

でも、よかった！

突然のコウお母さんにドギマギしたけど、わざわざ変装しているということは気づかないふりをしろということだろうか。

それとも単なる趣味の女装だろうか。はたまた両方の意味かもしれない。

私は、コウお母さんの意図を汲んで、素知らぬ笑顔で先に進む。

するとコウお母さんの手前にいた小さな男の子が花束を私に差し出してきた。

笑顔でそれを受け取って「ありがとう」と言うと、その子は感激したように顔を赤くした。

私が顔を上げると、いつの間にかその子の後ろにいたコウお母さんは姿を消していた。

おそらくこの花束の中には何かしらのメッセージがあるはず。

かつて私が山賊の一味だった時、クワマルの兄貴がバッシュさんとの連絡で使っていた手だ。

私はそのまま何事もなかったかのように花束を抱えて先へと進み、スピーリア公爵が用意したお宿に到着したのだった。

もらった花束をアズールさんに託すと、城のような豪奢な建物の入り口で待つ人々に微笑を向ける。

出迎えてくれたスピーリア公爵夫妻にご挨拶しなければならない。

メッセージは気になるけれど、今は後回し。

スピーリア公爵夫妻は、旦那さんが現スピーリア公爵で、魔術師様。

顎下に美髭を蓄えた凛々しい御仁だ。

隣の奥様は清楚な見た目の美しい方で、ご主人よりも年上に見える。

おそらく実際の年齢はご主人と奥様でそう変わらないのだろう。魔術師は老けにくいからどうしてもそうなってしまう。

それにしても、魔法使いの若々しさを見るたびに、生物魔法が使える私は老けにくくなるのかどうか地味に気になる。スピーリア公爵の挨拶は、主にゲスリーが相手をしてくれたので、私は笑顔でうふふと可憐に笑う仕事に集中した。

ゲスリーの外面はすこぶる良いので問題なく公爵様との挨拶を終えると、公爵夫妻の息子さんが、

「お二人の門出にふさわしいお部屋を用意しました。気に入っていただけると嬉しいですが」

と和やかに言って豪華な部屋を案内してくれた。

王族のシンボルカラーである紫を基調にした部屋だ。

濃紫のカーテンには、金糸で華やかな花や鳥の模様が刺繍されている。

落ち着いた色の絨毯は見るだけでふかふかなんだろうとわかるような代物。

テーブルや椅子といった家具においても、精緻な文様が彫られており、芸術作品の域に達しているように思える。

王族であるゲスリーにふさわしいものを、と思って用意してくれたんだろうなというのはわかった。

そして、ふと、先ほどの公爵の息子さんの言葉を思い出して、嫌な予感がした。

お二人の門出にふさわしい部屋をと言われたのだけど、まさか、この部屋って、二人の部屋ってことだろうか……。まさかのまさかだけど、私とヘンリーで同じ部屋に泊まれってことなのだろうか……。

「まあ！　本当に素敵なお部屋ですね、殿下。私のお部屋はどのような内装なのかしら。今から楽しみですわ。ふふ」

と、私は可憐な笑顔を貼り付けたままそう言う。

私用の部屋ももちろんあるんだよね？　という無言の圧力をかけると、息子さんはにっこり笑った。

「まさか、お二人の仲をわざわざ引き裂くような無粋な真似はできませんよ。こちらのお部屋はお二人のための部屋でございます。ベッドも十分な広さですよ」

と言って、ハハハと爽やかに笑った。

私は可憐な笑顔のまま固まった。

え、なに言ってんの、この人。

正気か、という眼差しで見つめてみるが、やつは私が言わんとしていることを全く察してくれない。

別の部屋を用意してほしい！

と、はっきりと言うべきか少々迷って、しょうがなくゲスリーに目を向けた。

ゲスリーだっていやなはず。ほら、ゲスリー殿下。あんなことを言うやつがおりますよ、いつもみたいにゲスってやってくださいよ。

という目線を送ってみたところ、私の言わんとしていることを察したのか、柔らかく微笑んだ。

「ご苦労だったね。長旅で私の婚約者は随分と疲れているようだ。早速用意してくれた部屋を使って休ませてもらおう」

ゲスリーはまるで私の婚約者みたいなことを言って、さわやかーな笑顔を公爵家の息子に向ける。

あ、そういえばこいつ、『みたい』じゃなくて私の婚約者だったか。

とか呑気に思ってる場合じゃない。

違う。私が言ってほしい言葉と違うよ、このゲスリー！

「それでは、しばらくごゆるりとお過ごしください。何かあればベルでお呼びください。使用人が側におりますので」

と言って、公爵の息子さんは若い者同士でごゆっくり、みたいなことを言う仲人の顔をして去っていった。

ということで私とゲスリーは同じ部屋に通された。

一応安全のためにゲスリーの近衛がベッドやクローゼットの中とかの様子を先に見る。

安全確認が終わると、近衛の一人がゲスリーに問題ないことを報告してくれた。

近衛の方よ。私とゲスリーが同室ということがすでに問題だということに気づいてほしいのですが……。

しかし誰もその問題点に触れぬまま、ゲスリーは公爵が用意してくれた濃紫の絹に月と星の模様が刺繍された天蓋つきのベッドに腰を下ろしてくつろぎ始めた。

ジャケットも脱いで上はシャツ一枚という軽装になっている。

ちなみに私はどうしたもんかと未だに扉の近くで呆然と立ち尽くしております。

さて、この絶体絶命のピンチをどう乗り越えるか。

私は十五歳にはなったけれど、うまいことタイミングが重なって正式にゲスリーと結婚とまではいっていない。

あくまで婚約者だ。

しかし、周りからしてみれば私とゲスリーがいずれ結婚するのは明白な流れであり、実際、未婚の男女なのに一緒の部屋で寝させようとする暴挙に出ている輩がいる。

まじで、私、ゲスリーと同じ部屋で一夜を共にしなくてはいけないのだろうか……。

私とゲスリーの周りには護衛がいるから、しばらくは二人きりになることはないだろうけれど……寝る時はマジでどんな塩梅なんだろう。

私の護衛役のアズールさんを常に側に置いてても問題ないかな。

しかしそれでも、貴族の人たちって召使いは家具の一つか何かだと思っている節があるし、無体なことをする可能性はなきにしも……あ、いや、ゲスリーの場合は家具じゃなくて家畜か。

周りの人たちを家畜か何かだと思っているゲスリーが私に無体なことを働く可能性が……いや、よく考えたら私も家畜だと思われてる！　え、じゃあ別に私身の危険を考えなくていいの……？　え、でも私これでも年頃の女子で、あ、でもゲスリーにとっては年頃の家畜で……？　なんか、混乱してきた。

うーん、ゲスリーのことだし、家畜だと思っている私になにかよからぬことをするとは思えないような気もするけれど、婚約式の時ゲスリーは突然キスしてきたりした。

ああ、ゲスリーがゲスすぎて何を考えているのかわからない。わからないから怖い。

でもでも年頃の男女が一つ屋根の下なんて……めくるめく未知の世界が脳裏によぎる。

「ヒヨコちゃん、そんなところで立ったままでどうしたんだい？」

いっそ無邪気にも聞こえるゲスリーの声が聞こえてきて現実に引き戻された。

こいつ、私がこんなに悩んでるっていうのに、気楽な顔しやがって！

私はもういいや、という気持ちでスタスタとソファのあるところまで歩いた。

「殿下、結婚前の男女が同じ寝具に寝るなんて早すぎます。私はこちらで寝させてもらいます」

婚前交渉は良くない。そう、良くないよ。

私の言い分はもっともだ。もう可憐なふりをするのも疲れたし、わざわざゲスリー相手に可憐ぶる必要もない。護衛の目があるが、それがどうした。

私はソファをぶんどることにした。

流石(さすが)に王族相手にベッドを所望できないので、謙虚にソファ。

そして私はベッドとソファの間の壁側に設置されているクローゼットと、そのちょうど反対側に置かれたデスクを指差す。

「あちらのクローゼットの角からこちらのデスクの角のところを境界線にして、その線から先は踏み入らないでください」

私が淡々とそう言うと、ゲスリーがクスクスと笑った。

「ヒヨコちゃんが何を期待しているのか知らないが、そこまで言うならそれに合わせようか。そこから先へは行かない。これでいいかい？」

な、何その、呆れたような顔！

き、きき、期待って別に……！　別に期待はしてないんですけど⁉

なんか私が自意識過剰みたいなこと言うのやめてもらえます⁉

だって、男女で同じ部屋って、警戒するの普通でしょ⁉　普通の乙女の反応でしょう⁉

ていうか、こういう時、王子だったら王子らしく女性を優先して『君がベッドを使いたまえベイベ』とか言うのがお約束だからね！

それなのにさっさとベッドを一人で使うことに納得しやがってこのゲスリー！

私は心の中で決して口には出せないような悪態をついてから重いため息を吐き出した。

落ち着け、こんなことでいちいち目くじら立ててたら、これからのゲスリー婚約者生活は耐えられないよ。

私はにっこりとどうにか笑顔を作ってみせた。

ああ、頬がひきつる。

「では、ここから先には決して入らないようにお願いしますね、殿下」

私がそう言うと、ゲスリーは『やれやれ仕方ない家畜だな』みたいな表情で微笑みながら頷いてくれた。

ああ、殴りたい。この笑顔。


ゲスリーと同室問題をどうにか解決した後、私は湯船に浸からせてもらうことになった。だって、ずっと馬車に揺られて疲れたからね。温かい湯で体をほぐしたい。

案内された浴室は、なんとも豪華だった。スピーリア領特産の赤い薔薇がこれでもかと浮かべられ、立ち込める豊潤な香りが素晴らしい。

ゲスリーと同じ空間にいるというだけで疲れ果てた私の心を温かい湯と薔薇の香が癒や

してくれる……。

そしてそのタイミングでアズールさんから手紙を受け取った。

今日のお昼にコウお母さんからもらった花束に隠されていたものだろう。

ゲスリーとその護衛の人たちが周辺にいない男子禁制の湯浴みのタイミングが、秘密裏に手紙をやりとりするにはもってこいだ。

紙が湿気でふよふよになるけども。

そしてそのふよふよの紙に書かれたメモを読んで、息を飲んだ。

『気をつけて。首謀者は剣聖の騎士団。王国騎士の中にアレクの手の者がいる可能性あり。周辺は信頼のおける者たちだけで固めた方がいい。アタシはアレクの様子を探るために先にグエンナーシスに。シロカちゃんを借りてゆくから、何かあればシロカちゃんを通して連絡するわ』

え……親分の様子を探るために、グエンナーシス領に!?

それは流石（さすが）に危険すぎるよ、コウお母さん！

だって、親分は……正直今の親分たちは何をしでかすかわからない。親分たちとコウお母さんは、私以上に長い付き合いだっただろうけれど、それでもコウお母さんを見逃してくれるとは限らない……。

不安に思っていると手紙に二枚目があることに気づいた。

何か、他にも情報が……!?　と思って慌ててめくる。

『追伸：ユーヤ君って、結構かっこよくなーい？　アタシとっても気に入っちゃった』

え、ちょ、コウお母さんそれだけ!?　手紙を裏表見てみたけれど他には何も書いてなかった。

まって、コウお母さん、私ちょっとついていけてないというか……突然のユーヤ先輩に戸惑いを隠せないんだけど、ユーヤ先輩と何かあったの!?　ユーヤ先輩大丈夫かな……貞操的なところも含めて。

というか……。

「ふふ、コウお母さん、いつも通りだ……」

思わず声に出して笑ってしまった。

力がすっと抜けていく。湯船だけじゃほぐれなかった心の芯の方まで、少しリラックスできた感じがした。

いや、コウお母さんが親分たちの様子を見に行くという話は心配でならないけれど、それ以上に手紙でも相変わらずなコウお母さんにほっとした。

流石（さすが）だな、コウお母さんは。

正直、親分の近くに行くのは危険すぎるけれど、コウお母さんなら、大丈夫な気がしてくる。

それに、この文面から察するに多分ユーヤ先輩も一緒なんだろうし。

ユーヤ先輩の光の精霊魔法はめちゃくちゃ便利。

今回みたいに偵察的な動きをするにはうってつけだ。ユーヤ先輩がいれば、それほど無理せずとも親分たちの様子を探れるかもしれない。

だって、光の精霊魔法は日の光が出ている間のことなら、後からテレビみたいに見ることができる。山賊時代の親分たちも光の精霊魔法にはかなり警戒している感じだった。

しかもシロカも一緒だ。シロカには光の魔石を持たせてる。

学園が魔物に襲われた時も、光の魔石を持たせたシロカの活躍で、離れた場所にいる魔物の動向を探ることができた。

ユーヤ先輩とタッグを組めば遠い物事を安全に偵察できる。

私はすでに濡れてボロボロのコウお母さんのメモを拳に収めて力を込めた。

粗悪な紙だったので、きっと中で小さな紙屑になるだろう。

親分が私の命を狙っている。

そして、王国騎士の中に裏切り者がいる可能性がある。

実際そうなのかまだ定かではないけれど、でもそう思って動いた方が良い。

身の安全を第一に考えなくちゃ。戦争を起こすための生贄（いけにえ）になるつもりなんて、私にはない。

殺されないように、対策を練る必要がある。

私は湯船の中でぐっと体を伸ばした。背もたれの部分に頭を預けて天井を見る。

私は、山賊時代、親分のためならなんでもする気持ちでいた。家族なのだから、親分がしたいことを手伝うべきだと思っていた。

でも今の私は、違うと言える。私には私の考えがある。

親分が戦いを伴う革命が必要だと思っていたとしても、私はそうは思わない。

そして親分たちを止めることができるのは……多分、私しかいない。

私が、止めたい。

風呂から上がると、身支度を整え部屋でくつろいでいたゲスリーと向き合った。

向き合うと言っても、パーソナルスペースを広めにとるよう最初に伝えているので、ソファに座る私とベッドの近くの肘掛椅子に腰掛けたゲスリーとは少々距離があるけれども。

そして、ゲスリーの周りにはカイン様含む近衛騎士が控えており、私の周りにはアズールさんとシャルちゃんがいてくれた。王国騎士の中に裏切り者がいるとすると、今のところ私が信頼できる護衛と呼べるのはこの二人だけ。

「私の護衛を増やしてほしいのですが」

私がそう言うと、酒の入ったグラスを眺めていたゲスリーはついと顔を上げた。

「ヒヨコちゃんの護衛ね……」

そう言って、ゲスリーは興味なさそうにゆったりとグラスを揺らす。

こいつ、呑気にしやがって……。

ゲスリーは、気づいたはずだ。

あの時射られた矢が王国騎士のものだったこと。

そして、私がその矢で命を落とせばこれからどうなるのか。

「護衛は私が信用のおける者だけでお願いしたいのです」

呑気にお酒を嗜むゲスリーにイライラしながらも私が希望を伝えると、チラリとカイン様に目線を向けた。

ゲスリーの護衛の中で、私が信用できるのはカイン様しかいない。

そしてカイン様が見繕ってくれた騎士の方々ならとりあえずは信用できる。

「どうだい、カイン。我が婚約者は君を護衛にご所望のようだ」

少し酔ってるのか楽しげな口調でそうゲスリーが言うと、カイン様が前に出て片膝をついて頭を下げた。

「私としましても、そのお役目引き受けたく」

カイン様が快く承諾の返事を返してくれて、ほっと一安心。

カイン様はいつでも私の心のオアシスである。

カイン様の返事に心が温かくなったところで、ゲスリー氏が私を見てククと含むような笑い声を漏らす。

「……それにしてもやっぱりヒヨコちゃんの考えることはよくわからないな。そんな必死な顔で、魔法も使えない者を集めたところでどうなるというのだろう」

そう言って馬鹿にしたような笑い方をするゲスリーを思わず睨(にら)みつける。

だって、こいつ……カイン様を馬鹿にした。

さっきの言葉、魔法が使えないカイン様が護衛についたところで何になるって言ったも同然だ。

ゲスリーにとって、カイン様はただの飾り物みたいな存在なのかもしれないけれど、カイン様は強い。強いんだから。

カイン様にはいつも助けてもらっていた。本当に信頼できる人なのに。

そんなカイン様を馬鹿にするのは許せない。

私が何か言ってやろうと息巻いた時、カイン様が口を開いた。

「殿下、確かに私に奇跡は扱えませんが、リョウ様を狙う刺客も奇跡の力は持ち合わせていないでしょう。それならば、私でもお役に立てるはずです。いざとなればこの身を盾にしてでも、リョウ様を、そして殿下をお守りすると誓っております」

涼やかなカイン様の言葉に浄化されて、私の怒りはどうにか落ち着いてきた。

カイン様。あんなこと言われても、ゲスリーに対する敬意は忘れてない。

優しい眼差しで、子供に諭すように言葉をゲスリーに投げかける。

カイン様流石(さすが)天使。

そんなカイン様のありがたいお言葉に感銘を受けたらしいゲスリーは大きく頷(うなず)いた。

「ああ、なるほど、何かあった時の盾にはなるか」

納得したように頷いたゲスリーなわけだけど、いや、カイン様が本当に伝えたかったことはそういうことじゃないからね!?

盾にはなれるってところに頷いてるけど、そうじゃなくてさ、それぐらいの気持ちで守ろうとしてくれてるんだよっていうこのカイン様の尊さに、こう思うところあるでしょ!?

本当に、こいつは……。

と思って忌々(いまいま)しくゲスリーを見ていると、ゲスリーの呆れたような目と合った。

「しかし、昔から知ってる家畜を盾にして使い捨てようとするとは、ヒヨコちゃんは本当に酷なことを考えるね」

とおっしゃったので、先ほど浄化されたばかりの憤怒のリョウがむくりと起き上がる。

「使い捨てにしようなどとは思っていません！」

「だが、そういうことだろう？　危険なことが起こるのをわかっていて、それに巻き込もうとしていて、自分の命が惜しいから盾にしようとしている。違うのかい？」

憤怒のリョウの怒りの言葉もどこ吹く風とばかりにまったく堪えていないゲスリーが飄々とそう答える。

なんだろうこの、のれんに腕押しみたいな感覚は！

私は改めて何か言い返そうとしたけれど……何故か、言葉に詰まった。

確かに、ゲスリーの言う通りなのかもしれない、という考えがよぎったからだ。

ここでカイン様に護衛を頼むことは私の事情に巻き込むことだ。

信頼しているから、という気持ちを理由にそれを正当化しているだけで……。

よく考えたら、すでに私ってやつはシャルちゃんにアズールさんも巻き込んでる……。

「殿下、リョウ様は私を信じてくださっているのです。危険なことが起こっても、私ならうまく対処できると信頼してくださっている。私は、そのことを嬉しく思っております」

カイン様が、頭を下げながらそうはっきりと告げてくれた。

カイン様……！

流石のフォロリストキングの言葉に、ゲスリーのゲス術にはまりそうになっていた思考が浄化される。

そうだ、私は、カイン様を犠牲にしようなんて思ってない。

カイン様なら大丈夫だと信じてるからお願いできる。

しかし、ゲスリーにはよくわからない話だったのか、かすかに首を傾げた。

そして改めて気づいた。

非魔法使いがただの家畜にしか見えないゲスリーにとって、非魔法使いは弱い存在だ。

だから、非魔法使いが誰かを守れる強さを持ち得るということがわからないのかもしれない。

「強さか。まあ確かにカインは、力も強く美しく丈夫な騎士だったな」

幾分面白くなさそうにゲスリーは言うと、改めて私の方に視線を向けた。

「そこまで言うなら、カインを貸そうか。まあ、スピーリア領に滞在する間だけになるだろうが」

ん？　スピーリア領滞在中しかカイン様貸してくれないってなんで……？

むしろスピーリア領を立った後の移動中が大変だからこそ護衛として側にいてほしいのに。

全然貸してくれる気ないじゃん。

こいつ、まさか、王族なのにケチなのでは……？

「スピーリア領に滞在する間までと期限を決める理由を伺っても？」

「ヒヨコちゃんの護衛を手配するように城には連絡している。正式な護衛がそのうちここにやってくる。そうなれば護衛は交代だ」

え……？　マジで？

いつの間にそんな手配してくれてたの？

「護衛といいますと、どなたがいらしてくださるのですか……？」

「さあ、誰が来るかはわからない。人選はアルベールに任せている。使えない者は送らないだろう」

ゲスリー、私のことなんて何も考えてないと思ってたのに、何気に護衛を増やすように手配してたってこと……!?

いや、まあ、私が死んで困るのは王家だ。

それぐらいしてもいいのかな。でもゲスリーだからさ……。

そうして思いの外に動いていたゲスリーに驚きつつ、護衛が来るまでの間カイン様をお借りできることに決まったのだった。


目が覚めると見慣れぬ天井、そして寝床は微妙に固い。

ちらりと視線を移すと革張りのソファの背もたれが見えて、思い出した。

昨日はゲスリーと同室で一晩を過ごさねばならぬという恐ろしい事情のため、私はソファで寝たのだった。

それにしても意外と……普通に寝られた。未婚の男女が同じ部屋なんて！　とか最初は思ってたんだけど……普通に寝たよね。疲れてたし……。

よくよく考えると、乙女として終わってるような気がしなくもないような……いや、深く考えるのはやめよう。

私はむくりと起き上がってクローゼットに向かう。

与えられたこの部屋はマジで広いので、中にウォークインクローゼットのようなものまであるのだ。

昨日はこの中で着替えも行ったわけである。

今日は、スピーリア領を観光するとゲスリーから聞いた。

ゲスリーと一緒にスピーリア領を回って、婚約したんすよということを披露して回る予定らしい。

多分この先の移動も、そんな感じで所々領地の見回りのようなことをしながらの旅になるのだろう。

となると今日着る服は。動きやすいものでありつつも、王族の婚約者らしくお上品な感じのものにした方が良いかな。

私は派手すぎず地味すぎない淡い水色のドレスをチョイスしてクローゼットから出た。

ちらりと天蓋つきベッドのあたりを見る限り、ゲスリーはまだ眠っているご様子。

というか天蓋つきなのに、カーテンを閉めてないので彼の無防備な寝顔が目に入った。

ブランケットからはみ出している肩から上のあたりを見る限り、服を着てないように見えるんだけど、下は穿いてるよね？

まさか裸族じゃないよね？

そう思いながら見る眠れるゲスリーの寝顔は悔しいけれど、非常に整っている。顔だけは。

知らなければ天使な寝顔のゲスリーを見ていると、こいつがゲスであることを忘れそう。

気づくと私はゲスリーが眠るベッドに近づいていた。

それにしても、本当に、無防備に寝てらっしゃる。

もしここで、私が彼に剣を突き立てたら、どうなるだろう……。

親分は本気で国と戦争をしようとしてる。ゲスリーはその時親分にとって最大の敵になるはずだ。なにせこの国の最高の魔術師。

もし私がここでゲスリーを殺したら、親分は褒めてくれるだろうか。

また昔みたいに、あの無骨で大きな手で頭を撫でて……。

そこまで考えて、私はその吐きそうなくらい甘い妄想を振り払うために首を振った。

なんて馬鹿みたいなことを考えてるんだろう。寝ぼけるにもほどがある。昨日覚悟を決めたじゃないか。

親分は私を殺そうとしてる。

私がゲスリーを殺したとしても、親分たちは私を殺そうとするだろう。そして戦争を始めるつもりだ。

その方が親分たちにとっては都合がいい。

「あの線からこちらには入ってこないのではなかったかな？」

下の方からそう声が聞こえて、布の擦れる音がした。

どうやらゲスリーがお目覚めのようだ。

「殿下が私の方に入るのは禁止しましたけれど、私がこちら側に入ることを禁止したつもりはありませんよ」

しれっとそう答える。

というかそうしたら扉がゲスリー側にあるんだから私どこにも行けないじゃないか。

「そうだったか。ヒヨコちゃんは口がうまいな」

そう言ってゲスリーは気だるそうに起き上がる。

すると思ったよりも程よく筋肉のついたたくましくて傷一つない綺麗なゲスリーの上半身（裸体）があらわになった。

や、やっぱり、こいつ、服着てない！

え、まさか下も穿いてない⁉

下はブランケットで隠れて見えないけど……。

「殿下、服は……？」

「服……？　寝る時は着ない」

裸族!!

戸惑う私に気づかないゲスリーがベッドから降りようとするそぶりをし始めたので、慌ててその肩を押さえた。

「ちょ、ちょっと確認ですけど、下は穿いていらっしゃいますよね？」

「先ほど服は着ないと言ったつもりだが」

と、さっき言ったのにもう忘れたの？　とでも言いたげな呆れた目を向けてくるけど、いや、呆れてるのはこっちなんですけど！

おまえ、こんなうら若い娘の前で、ア、ア、ア、アレを晒すつもり!?　この痴漢！

「そこから動かないでください。着替えを手伝う者を呼びますから。絶対に動かないでくださいね！」

私は念押しすると、すぐさま振り返って脱兎のごとく扉に向かう。

あいつ、油断ならねぇ。危うく見せられるところだった。

私が扉を開けるとドアの前に立っていた護衛の人がいたので殿下が起きたことを伝えた。

ということで、滞在初日の朝に痴漢されそうにもなったけれど、私の貞操は何とか守り切った。

というか、朝食をいただいた時に、公爵夫妻の前で殿下と同じ部屋で驚きましたわぁみたいなことをさりげなく愚痴ったら、把握してなかったみたいで急遽私の部屋を用意してくれた。

私とゲスリーを同じ部屋に泊まらせようとしたのは息子の独断だったらしい。

最初からから告げ口してればよかったと強く後悔した。

ちなみに犯人の公爵夫妻の息子は、「若い二人の大切な時間のために良かれと思って……」などと供述しておりました。

ということで二日目以降は、部屋も別になって一安心しながら、スピーリア領の有力貴族との会食なんかを行って滞在五日目にして、私の護衛の人が王都から来てくれた。

その数は七人。そしてその護衛のリーダーを見て息を飲んだ。

「ア、アラン……？」

そう、あのアランだ。私の幼馴染みにして子分のアラン。

「リョウ、元気そうでよかった。襲われたと聞いたから……心配した」

そう言って、少しやつれたような笑顔を浮かべるアラン。

深緑のフードつきの、ゆったりとしたローブを着たアランは、昔の面影も残しつつもすっかり大人っぽくなっていた。

戸惑う私の隣で、ゲスリーが前に出た。

「誰が来るかと思ったら、君か。力のある魔術師だと聞いてるよ。よろしくね」

と普通の紳士みたいな挨拶をするゲスリーに、アランは短く返事を返すと恭しく頭を下げた。

その光景を見て、私はやっと理解が追いついてきた。

まさかのまさかだけど、アランが護衛として来てくれたってことだよね!?

「アランが来てくれるなんて……! ありがとう、アラン。本当に、嬉しい!」

心の底から嬉しい! だって、アランだ!

命を狙われているかもしれないと、気づかないうちに気を張りつめすぎていたみたい。

アランの顔を見たらなんだかすっと軽くなった気がする。

どうしよう、なんかわからないけど嬉しくて、ホッとしすぎて、泣きそう。

だって……アランがいてくれたら、安心できる。

「ああ、必ずグエンナーシス領まで無事に送り届ける」

そう言って、アランは微笑んだ。

その微笑みが少しばかり儚げに見えて、戸惑った。

前、城で会った時にもそう感じたけれど、アラン本当に大人っぽくなったな。

アランの変化に、再会に舞い上がっていた私のテンションが落ち着いてきて、そういえばと一つ疑問が浮かんだ。

私の護衛としてアランが派遣されるって……破格の扱いすぎないだろうか。

だって、アランは魔術師だ。

ゲスリーの口ぶりから察するに、ゲスリーが私の護衛のためにわざわざ魔術師を呼んだってこと、だよね……？

いや、確かに私に何かあれば国家転覆の危機になりかねない部分はあるけれど……。

色々と気になりつつも、アランと一緒に来た王国騎士の面々を改めて確認して、また私は驚くことになった。

「ク、クリス君も……!?」

なんと、いつでも可愛いクリス君が、王国騎士見習いの服を着てアランの後ろに控えていた。

周りの騎士たちと比べると体が小さめなので、騎士見習いというよりも、騎士たちの小間使いっぽさがあるけれど、でも、クリス君の実力は私も知ってる。

どこに裏切り者がいるかわからないこの状況で、一人でも多く信用できる人がいることは心強い以外ない。

「リョウ様、お久しぶりでございます。私のことを覚えていていただけたとは、光栄の至りです」

かしこまって答えるクリス君だけど、その顔には悪戯(いたずら)に成功した子供みたいな笑顔が浮かんでいた。

多分、クリス君とアランに気づいた時に、私が素で驚いていたから面白かったのだろう。

「覚えてるに決まってるじゃないですか。それにしても、クリス君も来てくれて本当に嬉(うれ)しいです」

「王族の婚約者様の危機ですからね。それにリョウ様が襲われたという報告が入ってからのアラン様の狼狽(ろうばい)ぶりがあまりにも見てられなかったので、それも心配で」

「え、アランが……？」

「お、おい、そんなことわざわざ言わなくていいだろ」

アランが慌てたようにクリス君に言うけれど、再会したアランはすっごく大人びていて、狼狽してたなんて想像しにくいけど……それぐらい心配してくれたってことかな。

そんなアランに、クリス君が「あれ、不味(まず)かったですか？」とか言いながらお得意のテヘペロをした。

なんだかいつものやりとりに、自然と笑みが溢(こぼ)れる。

いや本当に、二人とも相変わらずな関係だ。

「リョウ様は女性なので、むさ苦しい男の護衛ばかりですとお辛いところもあったでしょうが、これからは僕がおりますのでなんなりとお申し付けください！」

　そう言ってとびきりの美少女スマイルを見せてくれたクリス君に私もハッとした。

「そうですね！　クリス君がいてくれたら私の私室の警備も任せられるので助かります。女性の騎士がアズールさんだけだったので」

「なるほど。それはぜひお任せください。私室ももちろん一番無防備になる入浴などの時もしっかりお守りします！」

　クリス君が相変わらずの可愛い顔でそう頷いてくれた。なんて頼りになるのだろう！　よかった。今までアズールさんの負担が大きかったから……。

「いやいや、ダメだろ！　なんでリョウはいつも乗せられるんだよ！　こいつは男だからな⁉　しかもめちゃくちゃ下心あるからな⁉」

「え……？　あ……！」

　そうだった、クリス君は男の子だった。

　いけない、いつものクリス君美少女スマイルで、まんまと騙されるところだ。

　いやだって、可愛いのだもの！　しかもクリス君、自分が可愛いのわかっててそういうあざとい笑顔をするんだもの！

「もー、アラン様はどうしていつも邪魔ばかりするんですか？　ちゃんと情報共有はするのに」

「し、し、しなくていいって言ってるだろ！」

二人が、わちゃわちゃ騒ぎ出して、ものすごい懐かしさが込み上げてきた。

こんな時だけど、いやこんな時だからこそ、二人のいつも通りな会話が嬉しい。

「まったく、クリスは……」

とぼやいたアランは、改めて他に連れてきた騎士たちの紹介をしてくれた。

全員がレインフォレスト領出身の騎士たちのようだった。

私は改めて他の騎士とも挨拶をすると、荷物の整理などでアランたちは一旦その場を離れていった。

そして先ほどから、後ろで大人しくしていたゲスリーに向き合った。

「まさか、私の護衛に魔術師様を遣わしていただけるなんて思いませんでした。どうしてそこまでしてくださる気になったのですか？」

私が尋ねた質問にゲスリーは片方の口の端を上げた。そしてこちらに近づくと、私の耳元に口を寄せる。

「家畜を守らせるのに家畜を使うのでは、心許ないだろう？」

こ、こいつ……。

はいはい。完全に理解しました。

一瞬だけゲスリーを見直してしまった数秒前の私を消し去りたい。

この人は完全に非魔法使いを下に見すぎているから、非魔法使いが何かを守るなんてことはできないと思っている。故に魔法使いを呼んだわけだ。

チッと舌打ちしたい気分をどうにか堪えてゲスリーを睨みつけるようにして見てみた。何が楽しいのか、めちゃくちゃいい笑顔を私に向けている。

この人、家畜談義する時本当に楽しそう！

護衛を手配してくれたゲスリーへの感謝の気持ちは消え失せ、忌々しい気分で自分の部屋に戻ることにしたのだった。

王都から新しくやってきた護衛隊の準備が整った後、私の護衛隊長であるアランに必要そうだと思う情報を共有することにした。

クリス君とシャルちゃん、それにアズールさんも一緒だ。

カイン様を抜きにして今のところ本当に信頼できると言えるのは、この四人しかいない。

本来なら、友人と言えども他の男を交えて部屋に籠もるなんて、王族の婚約者としてどうなんだと思わなくもないけれど、まあ、ゲスリーさんはそういうの全く気にしないからね。

軽く食事をとりつつ近況を話した後、私は早速とばかりに本題に入ることにした。

「私の命を狙ったのは剣聖の騎士団だと思います」

まずは私がはっきりと命を狙ってきたやつらのことについて伝えた。

相手がどういう立場なのかがわかった方が護衛しやすい。

「そんな……」

とシャルちゃんが驚きの声を漏らす。

シャルちゃんとクリス君、それにアズールさんも驚いたように目を見開く中、アランだけはある程度予想していたようで、小さく頷いた。

「そうだろうな。リョウが襲われた時の様子を聞いた限り、組織的な行動のように思える。それにリョウにもしものことがあった時、大きな目で見れば得をするのはやつらだ。それに、ヘンリー殿下もピリピリしてるしな」

「ピリピリ？　してますかね？」

意外なアランの言葉に私が首を傾げて聞いたら、アランは至極真面目な顔で頷いた。

「してる。魔術師を派遣したこともそうだし、殿下は珍しく焦っているように感じる。……だいたい自分の婚約者が命を狙われたんだ。平静でいられるわけがない」

いやー、確かに一般的にはそうだろうと思うけれど……相手はあのゲスリーだからね。

さっき私に家畜談義してめちゃくちゃ楽しそうにしてたし。

「すみません、僕、全然わからないんですけど……どうして剣聖の騎士団が師匠の命を狙うんですか？　僕は非魔法使いである師匠のことをよく思っていない貴族たちの仕業なのかと思ってました」

困惑したような声でクリス君が言うので私は改めて口を開いた。

「確かに、私は一部の魔法使い至上主義的な貴族から煙たがられてます。彼らはどうにかして私を王族の婚約者から引きずり下ろしたいと思っているでしょうね」

今までもそういった貴族からの嫌がらせのようなことはあった。

非魔法使いが神聖なる王族の仲間入りなんて、たとえ一時的でも許せないというのが魔法使い至上主義の過激派によくある思考回路だ。

「でも逆に言えば、もし私に何かがあった時に、一番に疑われるのはそういった貴族たちになります。それがわかっていて、わざわざ私を襲おうとする愚か者は流石(さすが)にいないでしょう。私がその立場なら、この時期に私を襲おうとはしません。これから赴くグエンナーシス領の統治に失敗すれば私の評判も下がるわけで、しかも混乱しているグエンナーシス領を平定するのは相当難しいことです。私が失策して自滅する可能性もある。となれば貴族たちは、しばらく様子を見るという選択をするはず。わざわざ王都の近くの道中で襲う必要はないんですよ」

「しかし、どうしてそこで剣聖の騎士団になるのでしょうか？　確かにリョウ様は一度、王宮内でも剣聖の騎士団の一員と思われる人に命を狙われたことがありました。でも、その狙いは王妃様のご評判を落とすためで……。それにリョウ様が狙われたのも、その時の犯人が個人的にリョウ様に恨みがあったからって……」

シャルちゃんが言っているのは、エルバロッサのことだ。

私はあの事件の後、確かにシャルちゃんにそう説明した。

刺客の正体は、以前救世の魔典を強奪しようとしていた剣聖の騎士団の女騎士だから、その時のことで私を恨んでもいたから狙われたのだろうと話した覚えがある。つまりエルバロッサの私怨からの犯行。

当時の私は、剣聖の騎士団の目的はあくまで王家を陥れることで、私を害そうとしたのはエルバロッサの独断だと思っていた部分があった。今思えばそう思いたかっただけなのかもしれないけど……。

「確かに以前、シャルちゃんにはそう説明しましたね……。すみません、それは誤りだったみたいです。剣聖の騎士団は、組織として私の命を狙ってます。そしてその罪を貴族や王族になすりつけるのが目的です」

「そんな……剣聖の騎士団は、だって、魔物から人々を守るためにグエンナーシス領で組織された正義の騎士団だと……。マッチの普及など魔物対策で動いたリョウ様に感謝こそすれ、命を狙うなんて！」

グエンナーシス領出身のシャルちゃんにとってはかなりの衝撃だったようだ。

グエンナーシス領の平民の間では、剣聖の騎士団に肯定的な見方をする人が多い。

「多分、剣聖の騎士団の中でも色々考えの違う方がいるのだと思います。混乱したグエンナーシスをまとめるために純粋に所属した者もいるでしょうし、違う目的のために動くものもいる」

「違う目的……？」

「国と戦争をするための大義名分を得るためです。私が、貴族に殺されたとなれば、私のために立ち上がる平民は多いと剣聖の騎士団は思っています。それを利用してより有利に革命を行うつもりなのでしょう。なにせ、率いているのは危険思想家であり革命家のアレクサンダーなのですから」

アレクサンダーの悪名は、平民の中だとあまり知られていないが、貴族の中ではそこそこ有名だ。

親分たちはコソコソ逃げるように山暮らしをしていたが、それは若い頃に行った無茶のせい。

よく貴族の館を襲ったり盗んだりと、色々悪さをしていたらしい。

しかも貴族を襲う際、周りの村人たちを煽って協力させるという手口を使うので「革命家」などという異名もついた。

「しかし、アレクサンダーは……」

と、色々と事情を知っているアズールさんが、悲しそうな目をして私を見た。

そう、アレク親分は私にとって大切な人だ。アズールさんはそれを知っている。

私はアズールさんにだけわかるように首を軽く横に振った。それ以上先は言わないでほしい。

昔私がお世話になった人だと知ったら、アランたちも何かと気を遣うことになってしまう。

私は難しい顔をしているアランに改めて向き直った。

「アランが連れてきたのは信用がおける騎士の方なのでしょうか？　もしかしたら、王国騎士の中に裏切り者がいる可能性がありまして……」

と言って、私を狙った矢に王国騎士の印章が入っていたことを説明した。

私を殺した罪を、貴族に着せるために王国騎士の矢を使った。

王国騎士の矢は城で作られて厳重に管理されている。持ち出せるのは、それこそ王国騎士たちだろう。

となると、その矢を剣聖の騎士団が持っていたってことは、騎士の中に裏切り者がいるという証拠だ。

「クリスは別にして、他の騎士たちはお祖父様がつけてくれた。全員レインフォレスト領出身者だと聞いているが、俺自身はそれほど付き合いがあるわけじゃない。……裏切り者がいないという保証はできないな。一応彼らに持たせている武器や防具は俺が作り直したものだから、もし何かあれば俺の方ですぐに消せるから対処はできるはずだとは思うが……」

と言って、アランは難しい顔をして顎の下に手を添えた。

「リョウの近くにつける護衛は絞ろう。絶対に大丈夫だと言えるのは、ここにいる者たちとカイン兄様……ぐらいか？」

「そう、ですね……」

でも護衛というのはなんだか悪い気がしてくる。特にシャルちゃんは騎士でもなんでもないのに危険に晒すようで……。

「そうか。なら、基本的にその五人でリョウの周りを固めよう。残りの護衛は少し離れたところで、馬車の周りを固めるようにして護衛につかせる。それでいいか？」

「私としてはありがたいですし、嬉しいですけど。でも、アランたちが危険な目に遭いますよ？　それにシャルちゃんを巻き込むのも……」

と言ってチラリとシャルちゃんを窺い見る。私の言葉が意外だったのか、目を見開いていた。

するとアランの大きなため息が聞こえてきて、そちらに目を向けると呆れたような視線と目が合う。

なんだ、この生意気な顔は。

ちょっと大人っぽくなったことでなりを潜めていたクソガキアランの姿が脳裏によぎる。

「相変わらず、リョウはわかってない。逆の立場で考えろ」

顔だけじゃなくて、めちゃくちゃ呆れたような口調でそう言われた。

「そうですよ、リョウ様。確かに、私はあまり頼りにならないかもしれませんが……」

と申し訳なさそうにシャルちゃんが言うので、そんなことは全然ないよという気持ちで首を横に振った。

「そんな、頼りにならないなんて思ってませんよ！」

なにせシャルちゃんは魔物を腐って殺したり、髪の毛を鞭(むち)のようにして攻撃したりする恐ろしいスキルを持っている！

「でしたら、私にもリョウ様を守らせてください」

シャルちゃんがそう言ってまっすぐ私を見る。

その顔を見る限り、その言葉はシャルちゃんの本心のように感じた。むしろ遠慮されたことが心外だとでも言いたそうな雰囲気で。

先ほどアランが言った『逆の立場で考えろ』という言葉が改めて思い浮かぶ。

アランの言うことはもっともで、私が同じ立場なら嫌だって言われても護衛を買って出ただろう。

逆に変な遠慮とかしてほしくない。

「すみません、ありがとうございます」

私はちょっと戸惑いながらお言葉に甘えることにした。

確かに逆の立場ならそう思うけど、でも、やっぱり危険に巻き込むことがわかっている分、抵抗を感じてしまう……！

あ、でも、カイン様は……。

「ですが、カイン様を私の護衛にするのは難しいかもしれません。もともと王都からの新しい護衛が来るまでという期限付きで、ヘンリー殿下が貸してくださったので」

「俺たちが来るまで……？　俺たちが来たからカイン兄様はヘンリー殿下の護衛に戻らないといけないってことか？」

「そういうことです。カイン様はヘンリー殿下のお気に入りですからね」

「そうか、カイン兄様は魅力的な人だから、リョウの側につかせるのは嫌なのかもしれないな……。ヘンリー殿下の気持ちもわからなくもない」

そう言ってアランは真面目な顔で頷いた。

そうそう、お気に入りのカイン様を手放したくないようでね、あのゲスリーさんは。

それにしてもアランも、カイン様を手放したくない気持ちもわからなくもないだなんて
……流石にブラコンすぎない？　いや、相変わらず仲が良くて微笑ましく思う気持ちもあ

るけどさ。

と、ブラコンアランの変わらずのブラコンぶりに生温かい視線を向ける。

私にそんな視線を向けられていることに気づかないアランは、何か覚悟をしたような顔で私を見た。

「だが、リョウを守るためには一人でも信頼の置ける人が必要だ。カイン兄様のことは直接ヘンリー殿下と交渉してみる」

「直接……？」

「俺はこれでも殿下の甥でもあるし、レインフォレスト領の跡取りということにはなっている。殿下も聞き入れてくれるはずだ」

あ、そういえば、アランさんって殿下の甥だった。アランのお父さんは十何番目かの前王の子供だ。

本当に、改めて思うけれどアランってすごい血筋だな。

でも、直接交渉か。ゲスリーとの交渉ってうまくいくのだろうか。

とはいえ、アランは魔法使いだしゲスリーにとっても家畜扱いできない存在だ。そうそう無下にはしないだろう。

転章Ⅰ　アンソニーの回想

「それは、どうしても必要なことなのか」

かすれた声でそう問えば、目の前の男は眉間に皺を寄せた。

「必要だ。だから言ってる」

男の言葉は頑なだった。

彼は、イワンという。私と同じく王国騎士を務めていて、魔法使いに家族を殺されている。彼の立場を思えば、彼が魔法使いというものを憎む気持ちもわかる。

だが、だからと言って……。

「彼女は、魔法使いじゃない。むしろ非魔法使いのために……」

「非魔法使いだろうと、国に味方してる時点で同類だ。それに、俺たちはそう命じられている。俺たちの新しい時代に必要なことだ」

そう言ってイワンは興奮したような目で虚空を見つめた。

まるでそこに彼らが言う新しい時代があるかのように。

新しい時代。剣聖の騎士団が目指す非魔法使いのための新しい国。

確かに、それを望む気持ちは私にもある。

だが、そのために彼女が犠牲になるのは……。

「……『殺せ』とまでは言われていない。王家と地方領主の間に軋轢を生み出すのが目的のはずだ。彼女なら、私たちの想いについてもわかってくれるかもしれない。事情を話せば協力してくれる可能性もある。何も、殺さなくても」

「殺した方が確実だ。……くそ、あの時、矢が命中さえしていれば」

そう言ってイワンは悔しそうに唇を噛んだ。

イワンは私と合流する前に、すでに彼女を弓矢で襲っている。

彼は弓の名手だったが、どうやら失敗したらしい。

そのことにホッとするとともに、彼が失敗したからこそ私に話が回ってきてしまった。

この男は、私に、彼女を……王弟の婚約者であるリョウ嬢を殺せと言ってきた。

迷う私を見透かすようにイワンの強い視線がこちらを向く。

「できないとは言わせない。お前だって、覚悟があるからこちら側に来たのだろう？」

「それは……」

もちろん、覚悟はある。

この国はこのままでは滅ぶだろうと、そう思って……。

誰かが正さなくてはいけない。そう強く思ったからこそ、彼の思想に同調した。

今でもその思いは変わらない。この国は変わるべきだ。

非魔法使いと魔法使いの垣根をなくしたい。そうすればきっと彼らと対等に……。

殿下との記憶とともに、苦い思いが込み上げる。

昔は、あの方がきっと良い方向へと国を導いてくれる、となんの疑いもなく信じることができた。

私はあの人の最も近しい存在だと信じて、疑っていなかったから。


私には、母の違う兄弟がたくさんいた。

カスタール王国の国王である私の父は、三十人以上の妾を抱え、それと同じ数の子をなした。基本的に魔法使い同士の交わりでは子を成しにくいと言われており、王国全体で魔法使いと非魔法使いとの婚姻が推奨されていた。

故に王の妾のほとんどが魔術師の血統を持つ非魔法使いの女性たちだった。

しかし、私の母は非魔法使いではなく魔法使いで、この国の王の正妻、王妃だった。

私の誕生は王宮内を沸かせたらしい。

魔法使い同士の間で生まれた子供だ。

きっと魔法使いに違いない。

そしてその力も王族の血を色濃く受け継いで強力な魔法使いになるだろうと、そう言われていた。

しかし蓋を開けてみたら、私には魔法の素養などなかった。

非魔法使いだったのだ。

魔法使いかどうかがはっきりするまでは、私の周りにはたくさんの人がいた。

しかし、非魔法使いだとわかった途端に誰もが離れていった。

母でさえも。

それから私は私と同じように王の子として生まれたが非魔法使いだった王女や王子が住む宮に移ることになった。

あまり快適なところとはいえなかったが、同じ境遇の者たちが集まったその宮での暮らしは思いの外居心地が良かった。

他の非魔法使いに比べたら恵まれた環境だろうと思う。

様々なことを学ぶ機会にも恵まれ、私はやっと自分の置かれた立場を理解し始めた。

人が離れたのも、母でさえ私を捨てたのも、全て私が魔法使いではないから悪いのだ。

私が魔法使いでないばかりに、周りを落胆させてしまったのだから。私は母や国の者たちを落胆させてしまった罪を償えるぐらいにこの国に尽くそうと心に決めた。

そして学園を卒業すると、私は王族の……まだ幼かったヘンリー殿下の近衛騎士となった。

王の血筋を持ち、魔法が使える選ばれた方。血筋だけの私とは違う本物の王族。

しかもその王族の中でもヘンリー殿下の魔法の才は抜きん出ている。

母親は違えど、同じ父を持つ優秀な弟は、誰をも虜にする愛らしい容姿で私に微笑みかけてくれた。

お噂通り、そのお心までもが健やかな王子なのだと、お会いした時に思った。

非魔法使いにも優しく接し、他の王族とは違う寛容さと聡明さを幼いながらに身につけていた。

殿下は私のことを兄上と呼んで慕ってくれた。

私は、それほどの方に仕えられることが本当に誇らしく、慕ってくれている家族がいることが嬉しかった。

母も違えば、置かれている立場も地位も違う。

しかし、おこがましくも本当の弟のように愛しく感じていたのだ。

殿下はよく私を連れて市中に出た。

幼い殿下はその小さな手で私の手を握って歩くのが好きなようだった。

私も迷子にならぬようにその小さな手をしっかりと握り返す。

家族の触れ合いがほとんどなかった私にとって、異母弟のぬくもりは妙にこそばゆいものだったが、何事にも代えがたい特別な温かさだった。

しかし市中に出ると向かう先はだいたいいつも同じ場所で……。

「殿下、人身紹介所などに来て何をなさるおつもりで？」

殿下と市中に出ること自体は構わないが、向かうのが人身紹介所であることに思わず苦言を呈した。殿下にはいつでも清廉潔白でいてほしかった。

しかし私の苦言に殿下は気にするそぶりもなくまっすぐ歩き続ける。

「もう少し毛並みの良いものが欲しいなと思ったんだ。できれば、アンソニー兄上のような見た目がいいな。二人並んで絵になるものがいい」

「私と……？　しかし殿下、私はあまりこういう店に通うのは感心しません」

私が諭すようにそう言うと、殿下は首を傾げた。

「どうして？」

「人が人を買うという行為がどうも、気に入りません。それに、人身紹介所があるからこそたまに人攫いなどの非道な行いもあるのです」

「私も人が人を買う行為は確かに問題があるように思うよ」

殿下がすんなりとそう認めたので少し戸惑った。わかっていながら人身紹介所に来ているということだろうか。

「そうおっしゃるのなら、もうこのような場所には……」

「でも、それって人が人を買う行為の話でしょう？　私がしてることとは全然違うじゃないか。アンソニー兄上は変なことを言うんだね」

そう言って、純粋そうな笑顔を浮かべる殿下の言葉を私は真面目に取らなかった。

「まったく殿下は……」

とその頑(かたく)なさにため息をついただけ。

私はただ、殿下が幼い子供がするように屁理屈をこねてこの場をやり過ごそうとしているだけのものなのだと、そう思ったのだ。

そう、今思えば、彼の歪(いびつ)さを垣間見る機会はたくさんあった。しかし私は、気づかない振りをしていた。

例えば父である前王が崩御された時のヘンリー殿下の関心の無さ。

実の父の訃報に、周りに心配をかけまいと気丈に振る舞っているのだと、そう思い込もうとした。

そしていくら諌(いさ)めても、人身紹介所での人買いを止めてはくれなかった。

お優しい殿下は可愛そうな身の上の者たちを放っておけないのかもしれないと、そう解釈してやり過ごそうとしていた。

私はいつも彼の一番近くにいるつもりでいながら、何もわかっていなかった。

何もわかろうとしていなかった。

「前王妃もさぞやお辛かっただろうね」

病に倒れた私の実母である前王妃の最期を看取った後、殿下はそうおっしゃった。

「お辛かった、というのは……？」

殿下の言葉の意味を汲み取りかねてそう尋ね返すと、殿下はいつもの穏やかな笑みを浮かべた。

「アンソニー兄上のことだよ。自分で産んだ子を手放さなくてはいけなかった」

「私を……」

殿下の言葉に、彼の優しさを感じた。

その時の私は、殿下が私を慰めてくれようとしているのだろうと思ったからだ。

先ほど、母の最期を看取ったが、母は私が息子だとわからない様子だった。

ただの殿下の付き添いの騎士としてしか、私を認識していないことは明らかだった。

別に寂しいとは思っていないつもりだったが、本当はそうでもなかったらしい。顔に出ていたのだろう。

ヘンリー殿下はそんな私を慰めるため、母は私を手放したくはなかったのに周りの事情で泣く泣く別れたのだということを伝えたいのだと思った。愚かにも。

だから次の殿下の言葉を聞いた時、しばらく彼が何を言っているのかわからなかった。

「きっと驚いただろうなぁ。だって、人を産んだと思ったら、豚だったんだもの」

いつもの無邪気な声だった。

「……豚、というのは？」

「そうでしょう？　人を産んだと思っていたのに、いざ出てきてみたら家畜だったなんて。私も気持ちはわかるよ。私も、母が家畜だったからね。いつも何かと側(そば)にいた家畜が母だとずっと鳴いてて、うるさかったな。まあ、見た目が良かったから、大切にしてあげたけど」

彼の言わんとしていることが本当にわからなかった。

「殿下、何をおっしゃって……？」

「ああ、安心して、アンソニー兄上はお気に入りの家畜だもの。前王妃のように捨てたりなんかしないよ。大切に飼ってあげる」

そう言ったのは、確かにいつもの殿下だった。

美しい相貌に柔和な笑みを浮かべ、無邪気に瞳をきらめかせていた。

愛しく思っていた弟は、私のことを兄上と呼びながら兄などとは本気で思っておらず、それどころか、人だとも思っていなかったのだと、しばらくして私はやっと気づいた。

それから私は少しずつ壊れてしまったのだろう。

家族だと思っていたのに、相手はそうだと思っていなかった。いやそれどころか、人間とすら思われていなかった。

それに気づいて私はすぐに殿下の近衛騎士の職を辞した。

国のため、魔法使いのため、落胆させてしまった母のため、贖罪のような気持ちで騎士として仕えていた自分はもういない。

正直なところ、魔法使いに対しては、イワンにも劣らぬ憎しみを持っているとも言える。

だが、それでも……。

金色の髪の少女の姿がよぎる。

「おい、どうなんだ。お前に、覚悟はあるのか？」

焦れたようにイワンが私にそう言った。

「……もちろん覚悟はある。だが、やり方は私に任せてほしい」

私の言葉に、イワンは不満そうに目を細めたが、私は気づかない振りをした。

彼女は、非魔法使いだ。

きっと話をすれば、こちらの事情を汲んでくれるはずだ。

第五十一章　出発編　心強い仲間と一緒の道中にて

「久しぶりにアラン様を見ましたけれど、たくましくなられましたね」

　交渉に行ってくる、と言って早速殿下のところに行ってしまってアランはいないけれど、引き続きシャルちゃんたちがお茶に付き合ってくれた。

「たくましく……そうですね。なんだか、大人っぽくなったような感じで……」

　そう言って、先ほどのアランの様子を思い出す。

　そう、大人っぽくなった。でもそれだけじゃなくて……なんだろう。

「アランじゃないみたいでちょっと緊張してしまいました」

　結局どう表現すればいいのか思い当たらなかったので、緊張したということにした。

「へえ、じゃあ、僕はどうです？　大人っぽくなりました!?」

　とクリス君がワクワクした顔で聞いてきたのだけど、ごめん。クリス君は、変わらずクリス君というか、むしろ……。

「クリス君は、よりクリス君として磨きがかかった感じがしますよ」

　うん、より可愛さに磨きがかかってる気がする。かっちりとした騎士服を着ているのに、この可愛さだもの。

「ふふ、アラン様を前にして緊張されるなんて。リョウ様でも緊張することがあるのですね」

と可憐に笑うシャルちゃんの笑顔に癒やされる。

「確かに、リョウ殿は魔物を前にしても怯まぬ度胸をお持ちですから、誰かを前にして緊張することがあるのは意外であります」

そうアズールさんは言いながら、紅茶をサーブしてくれた。

鼻腔にかぐわしい紅茶の香りが漂ってきて、給仕を買って出てくれたアズールさんには感謝しかないけれど、私だって魔物を前にしたら普通に怖いし、怖そうな人の前とかだと普通にビビったりするからね⁉　私、まだ十五歳の乙女だよ⁉

たまに思うけどアズールさんの中の私って結構図太いというかなんというか……。

とはいえ、ここでいやビビってますよ！　と訴えてもまたまたそんなご謙遜を、みたいなことを言われそうな気がするので、お茶のお礼を言うに止めた。

そして、改めて目の前の三人に向き合う。

「その、先ほどアランがいる時にも話しましたけれど、私の命を狙う相手が剣聖の騎士団かもしれなくて、王国騎士に裏切り者がいるかもしれない。私の側にいるだけでも、本当に危険だと思うんです」

先ほどは了承してくれたけれど、まじで結構危険だよ、ということを改めて伝えた。

「リョウ様、もうそれは終わった話ですよ。お側にいさせてください。これから何があろうとこの気持ちは変わりません」

いつまでもうじうじしてる私にシャルちゃんがそう言って軽く微笑む。

「そうですよ。だいたい僕の場合は、王国騎士としての仕事ってこともあるし、そこで遠慮されても困ります」

とクリス君は呆れたように笑う。アズールさんも同じくそれが私の仕事でもありますからと苦笑いだ。

いやだって……本当に、危険だと思うし。さっきはなんとなく断りづらい雰囲気とかあったかもしれないし……。

でもこれ以上うじうじしていたら、流石に怒られてしまいそうだ。

「皆さん本当にありがとうございます。改めてよろしくお願いします」

と答えつつ、頭を下げた。うん。もうこのことについて遠慮したり、悩んだりするのはやめよう。流石にこれ以上はみんなに失礼、だと思う。

それに正直なところ、みんなの協力がないと本当に私の命が危うい。

私の命が危うくなれば、この国全体を巻き込んだ争いになる。それだけはどうにかして止めたい。

「リョウ様は、少し変わられましたね」

シャルちゃんがポツリとそんなことを言う。

「そうですか?」

「はい、少し前のリョウ様でしたら、私たちが何を言おうともきっと私たちを巻き込まないようにと、自分一人の力でどうにかしようとしたはずです」

シャルちゃんはそう言うと、悲しそうに微笑んだ。

「それはそれでリョウ様らしいと恰好よく見えたりもしましたけれど、でもとても寂しかったんです。距離を置かれたみたいで」

ええ、そんな風に思ってたの!? 出会った頃は友達が欲しくてむしろシャルちゃんにはガンガンいってた気がするけれど……。距離を置かれているなんて思われていたとは。

「確かに、そうですね。師匠のことだから、なんだかんだ周りに迷惑をかけないようにってひっそり動いてそうです」

クリス君までそう同意する。いや、そんなことは……ないと、思うけれど。しかし、ちょっと思い当たる節があって否定できない。

昔の私は、今思うと結構無茶なことを一人でしがちだった、ような気もする。

自分一人でどうにかなる可能性があれば、難しいことだとわかりながらもいつもその可能性にかけていた、かも……。いやでも、それほど無茶ではないというかなんというか……。

二人の話を聞いていたアズールさんが意外そうに目を見開く。

「リョウ殿は今でも少し無茶をしすぎるところがありますが、以前はもっとすごかったでありますか」

と感心するように言うので、私は慌てて口を開いた。

「いや別に、そんな無茶をしたつもりはないというか……！　いや、ちょっと無茶かな？って思うことはありましたけど、ギリギリ大丈夫そう？　みたいな感じで！　そもそも、そんな皆さんと距離を置いたつもりはなくて、寂しがらせたかったわけでもないですよ⁉」

「ふふ、わかっています。それもリョウ様の優しさの一つだって。でも、こうやって大変な時に頼ってくださる方が、私は嬉しいです」

そう言ってシャルちゃんは天使の微笑みを浮かべた。

なんということだ。天使！　天使がいる！　ここに！　ここに天使がいる！

というか、シャルちゃんは頼ってくれないって言うけど、私はシャルちゃんに頼りっぱなしなような気がする。

お酒の事業だって手伝ってもらったし、魔物が襲撃してきた時だって、腐って死ね！の大魔法で助けてもらった。それに、心細かった王宮生活だってシャルちゃんがいてくれたから乗り越えられた……。

「私、本当にいつもシャルちゃんには助けられっぱなしで……。いつか何かでお返しできればいいんですけど……」

と思わず呟いた言葉はシャルちゃんにとって意外だったのか目を丸くさせて、そしてすぐにおかしそうに笑った。

「私はもう十分リョウ様に助けてもらいました。私の方がお返ししなくちゃいけないぐらいなんですよ」

え？　そうだっけ……。思い当たる節ないんだけど……。

気を遣ってそう言ってくれてるだけだろうか。シャルちゃんが天使すぎて、胸が痛い。

そうして私たちは改めて結束を固め、それからも四人できゃっきゃうふふしていると、アランがカイン様と一緒に戻ってきた。

だけど二人の雰囲気がなんか暗い。

アランとゲスリーの話し合いはうまくいかなかったのだろうかと思ったところで、カイン様の左頬が赤く腫れていることに気づいた。

照れてるとかじゃなくて、あれは誰かに殴られた痕のような……。

私はアズールさんに冷たい水と布を用意するよう指示して、カイン様の方に駆け寄った。

「カイン様、その頬の腫れはどうしたんですか⁉」

慌てる私にカイン様は困ったように笑う。

「少し口を切っただけだから、大丈夫だよ」

と答えるカイン様だけど、いやだって、そんな……！　国宝級のご尊顔であるカイン様の顔に傷なんて！　誰にやられたの!?　犯人をとっちめてやらないと気が済まない！

「口を切ったって……誰にやられたんですか!?」

と言ったけど何故かカイン様は困ったように笑うばかりで答えてくれそうにない。

どういうことだと一緒に入ってきたアランの方を見ると、彼は暗い顔で視線を下げた。

「悪い。俺のせいだ」

ええ!?　ア、アランがカイン様に手を……!?

いや、ありえない。アランが大好きなカイン様に手を上げるわけがない。

そう思ったところでアズールさんが水と布を持ってきてくれた。布を水で濡らしてカイン様の頬に当てる。

ああ、癒やしの貴公子の顔に傷が……！

とはいえ、そんなことぐらいで損なうような美しさではないのだけど、でも、美しいゆえにより痛々しいというか……。

「一体、何があったんですか？　アランのせいだって言われても、信じられないです」

と言ってみるけど、アランもカイン様も言うかどうか迷ってるような感じで口を閉ざしている。そういえば、アランはゲスリーのところに行ってたはずだ。

そしてこの二人の様子から察するに……。

「殿下が関わってますよね？　何があったのか話してくださいますか？」

私がそう言って睨むようにカイン様を見上げると、彼は観念したように手を上げた。

「聞くまでリョウは諦めそうにないね。それと、これもありがとうリョウ。あとは自分でやるよ」

と、カイン様は頬に押し付けていた濡れた布を自分で持ち直した。

「大した話ではないんだ。アランとヘンリー殿下が口論になって、アランが手を上げてしまいそうになったのだけど、私が殿下をかばったというだけだよ。これはその時にね」

マジで⁉ と思って確認のため、アランを見ると目に見えてしょんぼりしているので、カイン様の話は事実なのだろう。

でも、アランが何の理由もなく突然手を上げるような人じゃないのは、わかってる。

そして相手はゲスリーだ。

おそらくカイン様を私の護衛につけてくれないかの交渉で言い合ってるうちに、ゲスリーのゲスリー節を聞いてしまったのだろう。

許せん！　ゲスリー！

大好きなお兄ちゃんを殴る羽目になってしまったアランの顔は険しい。

「殿下が相変わらずなことを言ったんでしょう！　私が言って、反省する人ではないですけど、殿下には苦情を申しておきますね！」

「はは、ほどほどにね」

ほどほどだけじゃ私の怒りは収まりそうにないけども！　それに……。

「そこまでこじれたとなると、カイン様は殿下の護衛の任から離れられそうにないですね」

とクリス君が悲しそうに言った。

そう、私もそれを思った。引き続き私の護衛に、と思ったけれど難しそう。でも、今いるメンバーだけでも心強いし。

「いや、殿下からの許可はいただいたよ」

諦めかけたところでカイン様からのまさかの話に目を丸くすると、カイン様が頬に当てていた濡れた布をとって赤くなった頬を見せてきた。

「傷のある私は見たくないらしい。殿下は、ご自身の近衛の美観にはこだわりのある方だからね」

と、寂しそうに呟（つぶや）いた。

美観？　頬が少しばかり腫れて、自分の近衛に求める美しさに達しなくなったカイン様に興味が失せたってこと……？

憤怒のリョウがまたもやむくりと起き上がる。

あいつはこんな素晴らしいカイン様に対して相変わらず何を思っているのか！　本当に、家畜とかそんな風にしか見えてないってこと？

カイン様は、ゲスの極みの殿下の友人でありたいって思ってくれる慈愛深き素敵貴公子にしてフォロリストキングだっていうのに！

でも、そうだった。ゲスリーはそういうやつだ……。

「すみません、カイン様、私が護衛にと望んだことで嫌な思いをさせてしまいました……」

「そんな風に言わないでほしい。私はリョウに頼られて嬉しかったんだ」

そう言って全てを包み込むような笑顔を見せるカイン様。

くッ、カイン様素敵すぎない？　きっと素敵の国の王子様とかそういうファンタジーな存在なんじゃないの!?

私が素敵の国のプリンスの素敵具合に感動していると、アランが重いため息を吐いた。

「いや、俺が悪かったんだ。俺が殿下に言いすぎてしまったところもあって……だから殿下は、リョウのことをあんな風に……」

と、言ってそれ以上は口にできないとばかりにアランはムッとした顔になってから言葉を止めた。

やっぱりゲスリーからゲスな話を聞かされたんだろうな……。私は彼のゲス話にある程度耐性ができてるけど、アランは初めてだろうし。

「ですが、これでリョウ様をお守りするのに十分な方々が集まってくださいましたね」

と後ろで事の成り行きを見守っていたシャルちゃんが励ますようにそう言った。

確かに、シャルちゃんの言う通りだ。

ゲスリーに対して思うところはものすっごくあるけれど、ぐちぐち怒っていても彼のゲスがどうにかなるわけじゃない。

私としてはカイン様が引き続き護衛メンバーに入ってくれることはありがたいことだ。

「ああ、それと、朗報というか、いい知らせを殿下から伺った。アンソニー先生がどうやら魔物退治で近くにいたみたいでこちらの救援に向かってくれるらしい」

「え!?　アンソニー先生がですか!?」

なにそれ、すごい。百人力じゃないか。

「先生もいてくれるなら、安心ですね！」

アンソニー先生の加勢にクリス君の声も弾む。

だって、アンソニー先生といえば、学園で最強の剣士。私とクリス君にとっては剣術の師匠的存在だと言ってもいい。

「では、アンソニー先生の合流を待って、スピーリア領から出発、という流れになりそうですね。改めて今後のことについて作戦を立てましょうか」

そう言って、打ち合わせをすることになった。

今後の護衛の配置については、馬車の周りをアランが連れてきたクリス君含む王国騎士たちで固めつつ、もっと馬車寄りにここにいる信頼できるメンバーを配置して、周りの護衛に変なところはないかも警戒してもらう。

馬車の中では魔法使いのアランとシャルちゃんを常に私の側に置くという感じになりそうだ。

そして、アランが一番危ない窓際の席に座ると言ってくれた。

「アラン、弓矢で攻撃されることを考えると、窓の近くにいるのは本当に危ないですよ？」

と、私がアランの提案に念押しをした。

自分で言っておいてあれだけどでも、誰かが窓際に座らなくてはいけないのは確かで、それは魔術師で自分の身を守るすべがあるアランが一番だってわかってはいた。

ただ、『自分を守るために周りを盾にしようとするとは残酷なことを考えるんだな』と言ったゲスリーの言葉が脳裏によぎる。

ゲスリーの言ってることはある意味、的を射ている。みんなは頼ってくれて嬉しいとは言ってくれるけど……。

みんなの言葉に甘えて私は、みんなの命を盾にしている。どんなに綺麗に言いつくろったとしても、ゲスリーの言ってることも真実だ。

ゲスリーはゲスなことを言うけれど、でも、彼の言うことは物事を私とは違う側面から見ているだけで、デタラメというわけではない部分もある……。

「おそらく、弓を使った遠距離からの攻撃はしばらくない」

私がくよくよ悩んでいると、アランはそう言い切った。

「どうしてそう思うでありますか？」

とアズールさんが疑問の声を上げるとアランが口を開く。

「実は、今国内にある王国騎士の矢は全て消失してる」

「え？　消失？」

「解除の呪文だ。おそらくヘンリー殿下が行ったのだと思う。魔術師に解除の呪文があるのは知ってるだろう？　殿下はその呪文を使って、王国内にある王国騎士が使う模様入りの矢を全て消し去った」

え、待って。

ちょっと理解が追いつけないんだけど。

「確か、魔術師様の解除の呪文って、視界の中にあるものとか触れてるものじゃないと作動しないのではありませんでしたか？」

「普通はな。でも、それもその魔術師の能力次第では、できなくもない。時間はかかるし、道具も場所も必要だけれど、遠いところのものを崩すことは可能だ。俺もできる。でも俺の場合は、それは自分が作ったものに限定される」

そういえば、魔法についてのことをこっそり勉強している時に、そういうことができなくもないという話を聞いたことがある。

地図などを用意して、自分の作った魔力を持つものを感知して崩す、みたいなやつだった。

ということは……。

「まさか国内の王国騎士の矢は殿下が作っていたのですか……？」

まさかそんな仕事してたの？

いやだって、ゲスリーがせっせと矢作りの内職に励む姿は、なんというか、想像し難い……。

「いや、そうじゃない。殿下は特別なんだ。王家の中でも、特別で……天才なんだよ。俺も未だに信じられないけれど、おそらく殿下は、離れていても、自分が作ったものでなくても、魔法で作られたものなら崩すことができる」

心なしか青白い顔でアランがそう言った。

私もすーっと血の気が失せていく。

だって、それって……。

ゲスリーがやろうと思えば、この王国の文明の全てを滅ぼせるってことじゃないだろうか。

だって、この国は、確かに非魔法使いが作ったものが増えていってはいるけれど、それでもほとんどのものが、魔法で作られている国だ。

　魔法で作られたものの全てを遠くにいながら崩せるのだとしたら、ヘンリーがもういらないと思って、解除の魔法を放てば、この国の文明が滅びる。

「そんな、まさか……」

　思わずそう呟いたけれど、アランは真面目な顔で頷いた。

「俺も信じられないけれど、でも実際に矢は崩れてる。これは剣聖の騎士団にとっても予想外だろう。彼らが用意した矢も崩されたはずだからな。もしかしたら殿下の力を知った剣聖の騎士団は、反逆なんてものをやめるかもしれない。それほどの力の差だ……」

　アランの暗い声を聴きながら、親分のことを考えた。

　矢が消失したというのなら、王国騎士の矢で私を殺して軋轢を生むという親分の企みはもう使えない。失敗したと言ってもいいだろう。

　他に、私の死を王国側になすりつける方法はなくはないだろうけれど……アランの言う通り、ここまでの力の差を見せられたら諦める可能性も高い。

　私の生存率が急激に上がった。

　私としてはとてもありがたいことなのに、ゲスリーの力のことを思うと恐ろしくて……素直に喜べそうになかった。

後日、アランの話通りアンソニー先生が遅れてスピーリア領に到着した。

相変わらずのイケメンぶりで、騎士っぽい完璧な所作で膝を折ると私とゲスリーの前で挨拶の口上を述べるアンソニー先生素敵。

「追加で補充された騎士か」

あまり興味なさそうな感じでゲスリーが言う。

おそらく彼的には、非魔法使いがいくらいたって変わらないのに、ぐらいのことは思ってるのかもしれない。はっ倒したい。

私が忌々しく思っているとゲスリーは「顔を上げて」とアンソニー先生におっしゃった。

短く返事を返して顔を上げるアンソニー先生。

その小さな一つ一つの動作も流石アンソニー先生という感じで優雅だったけれど、ただ、少しだけ顔がやつれているように見えた。疲れた顔というか……。

もちろんアンソニー先生レベルだと、それもまた憂いがあってお美しいのだけど。

確かアンソニー先生はここに来る前、魔物の生き残りの報告を受けて討伐に出ていたという話だ。

それでその近くで私たちがいるというので、討伐が終わってすぐにここに駆けつけてくれたわけだけど、結構無理をしてくれたのかもしれない。

「おや、見たことがあると思ったら……アンソニー兄上でしたか」

私が申し訳なく思っていると、ゲスリーから意外な言葉が漏れた。

兄上……？

あ、そういえば、アンソニー先生って前の王様の子供だ。非魔法使いだから王位継承権とは無縁だけども。つまり二人は異母兄弟。

確かに、同じ血筋ということで改めて見るとゲスリーとアンソニー先生って似てる。

あの紫の瞳が特に。

確か紫の瞳は王族の中で稀に生まれる独特の色だと聞いたことがある。

「まさか私のことを覚えておいでとは……光栄にございます」

アンソニー先生も覚えられていたことが意外だったらしく、目を丸くしていた。

「覚えているさ。気に入った者のことはね。なにせ兄上は、他の異母兄弟たちの中でも美しく丈夫な家ち」

「わあ！　そういえば二人はご兄弟になるのですね！　確かに顔立ちがどことなく似ていらっしゃいます！　特に目が！　同じ紫の瞳でございますね！」

ゲスリーが公共の場で堂々と家畜発言を繰り出すところだったので慌てて遮った。

私の目の前でアンソニー先生まで侮辱することは許せぬ！

口元に笑みを作りながら、アンソニー先生にはバレぬようじろりとゲスリーを睨みつけてみたけれど、彼は相変わらずなにも堪えた様子はなく、何やらヒヨコちゃんがピヨピヨさえずり始めたようだとばかりの生温かい笑顔を私に向けるのみ。

　こやつ……。

「似ているなどと、恐れ多いことです」

　慌てる私とは違って、アンソニー先生は落ち着いた様子でそう返して改めて頭を下げると、ゲスリーも先生の方に目を向けた。

「兄上は私が幼少の頃、近衛の騎士として側にいてくれた。懐かしい。私は兄上のことを気に入っていたのに、突然側を離れたいと言ってきたから、本当に残念だった。だって、兄上は当時一番お気に入りのか」

「わあ！　アンソニー先生は殿下の近衛隊だったのですか!?　初耳ですー！」

　再びの家畜発言の兆しに再び私は割って入った。

　こいつ、さっきから家畜発言繰り出そうとしすぎじゃない!?　もうね、さっきから私ハラハラしてるんですけど!?

　しかも私を見て、引き続き『またヒヨコちゃんがピヨピヨさえずっておる、いとおかし』みたいな楽しそうな顔してるし！　もしかして、私に対する嫌がらせか何かなの!?

「その節は、突然の暇の申し出で大変ご迷惑をおかけいたしました」

　アンソニー先生が顔を伏せたままそう謝罪すると、改めてゲスリーは先生の方を向いた。

「いいさ。そんなに気にしていないよ。いないならいないで、新しいかち」

「殿下!!」

思わず殿下の手に自分の手を重ねて詰め寄った。

本当は襟を掴んで詰め寄りたかったけれども、我慢した。えらい。

というか、絶対わざとでしょ！　家畜と言おうとすると私が焦るのが面白くてわざとやってるでしょ！

「なんだい、ヒヨコちゃん」

腹立つ、その笑顔。絶対私がイライラしてるのわかっててやってる！　だって、今にも笑い出しそうな顔してるし！

「……アンソニー様含む騎士様方も急遽こちらにお越しいただいてお疲れのはず。早く休ませて差し上げた方がいいかと思うのです」

私がどうにか笑顔を引っ張り出し、努めて落ち着いた声でそう言うと、ゲスリーは視線をアンソニー先生とその後ろに並んで膝をついている騎士たちに向けた。

「そうだね。だけど、連れている騎士の数が聞いていた数より少ないような気がするな」

ゲスリーに言われて私も改めてアンソニー先生とその連れてきた騎士たちを見た。

もともと魔物の討伐としてアンソニー先生は二十人ほどの騎士団を引き連れていたと聞いてたけれど、今見る限り五人ぐらいしかいない。

「恐れながら、先の任務で負傷した者がおり、一部を城に戻してございます。しかしご安心くださいませ。ここに連れてきた騎士たちは手練れ揃いでございます」

アンソニー先生の言葉を受けたゲスリーが、いつもの胡散臭い笑みを浮かべると私を見た。

なんかいやな予感がする。

案の定、ゲスリーは私の耳に顔を寄せた。

「だそうだよ、ヒヨコちゃん。使い捨ての家畜の数が思ったより少なくて心細くないかい？」

なんとも気遣わしげな口調と笑顔でやはりゲスリー節を響かせてきやがった。

「使い捨てだなんて思ってませんので」

「そうだったかな。まあ、魔法使いも呼び寄せたし、使い捨ての身代わりはこのくらいで十分か」

いや、だから身代わりとかそういう風には思ってないからね!?

こいつとは相変わらず言葉のキャッチボールができない。私はゲスリーのことは無視してアンソニー先生に向き合った。

「本当によく来てくださいました。私が学生の時から、アンソニー様の実力については知っております。これほど心強いことはありません。どうぞよろしくお願いします」

本当はこんな堅苦しい感じじゃなくて、先生まじありがとうございます！　好き！　みたいなテンションで感謝を伝えたかったけれど、立場があるもので。

アンソニー先生も、頭を下げたまま光栄ですとだけ返し挨拶を終えたのだった。


そしてアンソニー先生が到着した翌日、早速スピーリア領を出立することになった。

王都からほど近いスピーリア領の滞在はそれほど長くとるつもりはなかったのだけど、先日の騒動のおかげで結構長居になってしまった。

スピーリア領の皆さんに見送られながら馬車に乗って出発。

次の目的地まで馬車の旅だ。

馬車の周りは騎乗したカイン様とアズールさん、クリス君が、他の護衛を引き連れて守りを固め、大きい馬車の中には、私とアランとシャルちゃん、アンソニー先生がいる。

エレーナ先生は、緊急事態だからと外してもらった。

窓から外を見て警戒している様子のアランが、「ヘンリー殿下とは、うまくいってるのか」と突然ポツリと呟いた。

なんてことないような顔で外を見ているけど、その顔が少し不機嫌というか……。

ていうか、ゲスリーとなんてうまくいってるわけないじゃないか。

いきなりどうしたと思ったけれど、そういえば先日殿下からのゲスの洗礼を受けたばかりだったね君はと思い出す。

「もともとうまくいくことはないと思ってますから」

平気ですと、笑顔を作ってみせた。

アランはちらりと私の顔を見て「そうか……」と元気なく呟いて再び外に視線を向ける。

なんとも気まずい沈黙が流れる。

アラン、ちょっと機嫌悪いというか普通に怒ってるよね。

詳細は教えてくれなかったけれど、一体ゲスリーからどんなゲスの洗礼を受けたのだろうか……。

「リョウ様はヘンリー殿下のことを苦手にされてらっしゃいますものね」

と可愛らしい声が響く。

シャルちゃんが控えめな笑顔を浮かべて私を見ていた。

「苦手というか、なんというか……あまり話していて楽しくない相手であるのは確かですね」

私は素直にそう白状した。

ここには見張りのエレーナ先生もいないし、気心の知れた人だけだもの。たまには素直に言ってもいいだろう。

「そうですか……」

と言ってシャルちゃんは少し悲しげな顔をする。

あ、そういえば、シャルちゃんは綺麗なヘンリーしか知らない。

「すみません、シャルちゃん、私……」

と声をかけてみたものの、なんて言うのが正解なのか！

やつのいいところでも言ってみようかな。顔だけはいいとか……？

と戸惑っているとシャルちゃんが慌てたように首を横に振る。

「いいえ！　謝る必要なんてないです！　むしろ、謝らなくてはいけないのは、私の方で……」

と言ってから、シャルちゃんはしょんぼりと視線を下げる。

「これだけ一緒にいればわかります。リョウ様が殿下をお嫌いになっていること。リョウ様がお嫌いになるということは、きっとあまり良い方ではないということもなんとなくわかります。でも、それでも、殿下がいらっしゃるからリョウ様が王妃様になれる道がある……。以前にもお伝えしたことがあるかもしれませんが、私は、ずっと、リョウ様がこの国の王妃様になってくれたらいいのにって思っていたんです。そうしたらきっとステキな国になります！　そして私は、そんなリョウ様のことを支えられる存在になれたらって……！」

そこまでマシンガンで話し続けたシャルちゃんが言葉を止めて戸惑うように唇を噛む

と、再び口を開いた。

「すみません、勝手に幻想を押し付けてるってこと、私にもわかっているんです。……ですから本当に辛い時は言ってください！　その時は、私が責任を持ってリョウ様をお助けしますから！」

と言ってガッツポーズをとるシャルちゃんの可愛らしさといったら！

ありがとうシャルちゃん。シャルちゃんの浄化能力のおかげで、私のゲスゲスした気持ちが癒やされております。

シャルちゃんがいなかったら、ほんと、私はあのゲスリーのゲス圧に耐えられなかった。

ただ一つだけ訂正が。

「でも、シャルちゃん、私が王妃様になる未来は薄いといいますか、ないといいますか……」

「そんなことありませんよ！　リョウ様がなれなかったら誰がなれるっていうんですか？」

と目をキラキラさせておっしゃるシャルちゃん。その自信は一体どこからやってくるのか……。

いや、だって、非魔法使いである私とゲスリーの関係は、期間限定なのである。

こんなに夢を見てもらって申し訳ないが、本当に私が王妃になることはないと思うよ。

「そうだな……リョウが王妃になったら、きっともっといい国になる」

アランが外を見ながらそう言った。窓の外を見てるのでどんな顔をしてるのかはわからないけれど、なんだか寂しそうに聞こえた。

「小さなリョウが、レインフォレスト領に来てくれた時、幼くて愚かだった俺の世界を変えてくれた。それと同じようにきっとここの国も変わる。……リョウの治める国だと思えば、俺もレインフォレスト領の領主として、喜んで忠誠を捧げられるかもしれない」

「アラン……？」

あまりにも切なげに言うものだから、思わず名を呼ぶとアランがこちらを振り返った。

その黄緑の綺麗な瞳の目を少しだけ細めて、優しげに微笑(ほほえ)むアランを見て、息が詰まった。

「……アランは、なんだか、変わりましたね」

これホント最近何度も思うけど。だって、本当に、なんか、変わったんだもん。

「そうかもな。でも、さっき言っただろ。俺を変えてくれたのは、リョウだよ」

いや、幼い頃の話じゃなくて。

確かに、幼い頃のクソガキアランと比べたら、かなり変化してるけども。

そうじゃなくて、私がいない間にものすごくこう、雰囲気変わったじゃん！

なんだか、アランが私を置いて、一人で大人になってしまったような気がして……寂しい。

そう思うのは私だけなのだろうか……。

なんだか少々しんみりした気持ちで、旅が始まったのだった。


思いの外に馬車の旅は順調だった。

というか順調すぎる。

それなりに覚悟を決めてスピーリア領を出たけれど、問題なく進んでいて、まったくもって誰かに襲われる気配がないまま次の目的地に着きそう。

この前襲われたのって幻なんじゃない？　ってぐらい順調で、それなのに私がワアワア騒いで必要以上に護衛を求めてる痛い女みたいな目で見られてるんじゃないかってそんな被害妄想が捗（はかど）っております。

まあ、何もないのが一番ではあるんだけどもね。

アランの言う通り、ゲスリーの魔法で王国騎士の矢が消失したのは事実らしい。

今まで襲われていないことを考えると、そのことで力の差を思い知った親分たちが諦めてくれた可能性もある。

ただ、あれ以降コウお母さんからの言伝がないのが地味に気になる。

ユーヤ先輩もついてるし、コウお母さんのことだから大丈夫だとは思うけど……。

——ガタン
突然、乗っていた馬車が大きく揺れた。

とっさに隣にいたシャルちゃんの体を押さえながらなんとか踏ん張り、その上をアランが庇(かば)うようにしてくれたので馬車の中を転げ回ることはなかったけれど……。

突然の急ブレーキに窓際に座っていたアンソニー先生が、外を確認する。

「何があった？」

「申し訳ございません。どうやら後方で魔物が現れ、荷馬車を襲っているようです」

アンソニー先生と外の騎士の会話に目を見開いた。

魔物が……？　確かに、先の災害での魔物の残党がたまに現れることはあるけれど、こんな大通りで……？

親分からの襲撃じゃないだけマシといえばマシなのだろうか。

「片付きそうか？」

「それが、なにぶん数が多く苦戦しております」

「何体いるんだ？」

「小物も合わせると十は下らないようで」

「そんなにですか⁉」

今まで黙って話を聞いていたけれど流石に声が出た。

魔物の大きさにもよるけど、十体以上で徒党を組むなんて……。

そういえば、後方の荷馬車の周りにいた騎士たちは主にゲスリーが連れてきた近衛騎士隊のはず。

彼らの実力で倒し切るのは難しいような気が……。

「殿下は？」

「殿下の乗られた馬車は先に進んでおりまして……」

魔物が現れたことを知らずに先に進んでるわけか。

ゲスリー殿下の馬車は、この一行の中でも先頭の方だった。

荷物も多く、私の護衛も含めて大所帯となった弊害ともいうべきか、連携がうまくいっていないご様子。

「タスケテェー、タスケテー」

突然、女性の金切り声が聞こえてきた。

私は咄嗟に馬車の扉を開けて後方に目を向ける。

同時に魔物と思しき咆哮も聞こえてきた。

騎士たちが集まっているところに頭一つ分高いところで異形の姿が見えた。

デカイ……。しかも同じぐらいの大きさのものが他にもいる。

そしてさっきから、女性の助けを呼ぶ声がずっと不気味に響き続けているので、どこにいるのだろうと声を頼りにあたりを見渡すと、黒いカラスが飛んでいるのが目に入った。

いや、カラスなんかじゃない。

黒い羽を広げて飛ぶ姿はただのカラスのようにも見えたけれどよくよく目を凝らせば、脚は一本で頭部が人の顔のようになっている。

そしてその人の顔のようなものが大きな口を開いては「タスケテータスケテー」と鳴き声のように喚いていた。

人の声を真似る魔物か……。

「おい、リョウ、外に出すぎるな、中にいろ」

「わっ、っと」

腕を引っ張られて再び馬車の椅子の上に座らされた。

前を見れば、怒った様子のアランがいる。

「お前は守られる側の人間なんだぞ。大人しくしてろ」

「そんなこと言っても、彼らだけであの数の魔物を相手にするのは難しいです！」

「俺が行くから！」

「いえ、アラン様はリョウ様のお側にいた方がいいでしょう。私が行きます」

と、アンソニー先生がアランを制した。

腰に差した剣に手をかけて今にも飛び出しそうだったので、「ま、待ってください」と慌てて止めた。

アンソニー先生の実力はもちろん知ってる。

でも、アンソニー先生の一人の力でどうにかできる数の魔物じゃない。

けれど、アランたち含めここにいるのは、私を守るために集められているわけで、全員で魔物退治に向かわせるわけにもいかないし……。

「それなら、私も行きます」

「だから、リョウ……！」

再びアランが声を荒らげたけど私も引きたくない。

「もちろん一人で行きません！　皆さんも一緒に……。私が一緒にいれば、護衛もできるし問題ないですよね？」

「いや、そういう問題じゃないだろ！　まったく、リョウは何でそう……」

「あんまり言い争っている時間はありません。どんどん負傷者が増えます！」

私はそう言って、止めようとするアランを押し切って馬車の扉を開けた。

あーもう！　というアランの唸り声が聞こえるが聞かなかったことにする。

「リョウ殿、中にいてくださいであります。魔物がまだ」

扉を開けたところにアズールさんがいた。

「わかってます。魔物が出たんですよね？　倒しに向かいます」

「ええ!?」

と驚いた顔をしたアズールさんが、本当でござるか？　とでも言いたげな顔で私の後ろの人たちに目を向けた。

「どうやらこちらのお姫様は何を言っても止まってくれそうにないようで……」

というアンソニー先生の諦めた声が聞こえてくる。

「リョウも婚約してちょっとは落ち着いたと思ってたのに……」

アランの苦々しいような口調の言葉も。

いや、私はいつでも落ち着いてるけれど、だってこれはしょうがないでしょ!?

という気持ちで、アズールさんの馬に飛び乗った。

「アズールさん、すみません、乗せてください！」

「わ！　ちょ、リョウ殿……！」

申し訳ないけれど相乗りだ。突然の重荷に馬も少し騒いだけれど首のあたりを撫でて落ち着かせる。

「えっと、これは……」

と戸惑うようなカイン様の声が聞こえてきたかと思うと、騎乗したカイン様が誰も乗ってない馬を一頭引き連れてこちらに来ていた。

「ちょうど良かった。カイン、私の馬を連れてきてくれたのか」

「あ、はい！　魔物が出たので、アンソニー先生のお力を貸していただこうと思って……しかし、リョウ様は……？」

誰もが私の行動が信じられないようで、戸惑っている。

みんな戸惑いすぎじゃない⁉

いや、まあ最近の私は王族の婚約者としてお淑やかにしてたからそれもあるのかも……。でも、緊急時は別だ。

「もちろん、私は戦闘をするつもりはありませんので、そこは皆さんの力を借りられたらなと」

「戦闘に参加しないとか、こんな状況で信じられるか」

アランはそう苦々しく言うと、近くを並走していた騎士に何事か言って馬を譲ってもらい騎乗した。

なんだかんだ文句を言いながらも付き合ってくれるらしい。

そうして私たちは「タスケテータスケテー」と魔物が誘うように叫ぶ声が聞こえる後方へと向かうことになった。

後方に向かうと、騎士と魔物が乱戦状態だった。荷馬車の荷物も散乱している。

なかなかに大変そうな状況だ。

荷は荒らされ、血を流した騎士が倒れている姿もあった。

彼らは無事なのだろうか……。

と思ったところで叫び声が聞こえてきた。

声の方を見れば、追い詰められた一人の騎士が魔物の爪にやられそうになっていた。

「危ない！」

と思わず叫んだところで、襲われそうな騎士と魔物の間にカイン様の剣が滑り込み、魔物を斬り伏せる。

早！　さすカイン様だ。

いつでもどこでもフォローするカイン様。素敵すぎる！

どうにかピンチを救われた騎士は、地面に尻餅をついたまま後ずさる。見た感じ怪我もなさそうだけど、ここで座りっぱなしでいられても困る。

「手が空いている者は負傷者を馬車の中に……！」

魔物を遠巻きに見て震えているだけの騎士が幾人か見受けられたので、そう指示を出すと彼らは「は、はい！」と怯(おび)えたように返事をして、負傷者の運び出しを行ってくれた。

私は改めて魔物に剣を向けながらわたわたしている騎士たちを見た。

ゲスリーの近衛隊の皆様はどうやら魔物退治には向いていないらしい。

異形の姿を見ただけで腰が引けてしまっているような印象だった。

その中でカイン様とアンソニー先生が閃光のように躍り出て魔物を引き付けながら対処している。

「リョウ殿、彼らの治療は連れてきている治療師たちに任せましょう」

後ろで一緒に馬に乗っているアズールさんが心配そうにそう声をかけてくれた。

私が、生物魔法を使うかもしれないことを危惧したのかもしれない。

「……わかってます」

こんなところで生物魔法なんて使ったら自殺行為だ。

側にはなんと言ってもゲスリー殿下がいるのだから。

とはいえこの悲惨な状況の中で生物魔法を隠すのは、なかなか忍耐が……。

「ダメでありますよ」

アズールさんが私の中の葛藤に気づいたかのように念を押す。

「わ、わかってます」

思わずどもった。

私は、アズールさんの追及から逃げるように改めてみんなの奮闘ぶりを見る。

アランが魔法で土の壁を作って魔物の動きを封じるとカイン様たちがここぞとばかりに魔物の足を切り落とし動けなくしたり、逆にカイン様たちが剣を奮って魔物の動きを封じたと思えば、アランがすかさず炎の魔法で魔物を燃やしたり。

なんという連係プレー。

私が加勢するまでもなく、カイン様、アンソニー先生、アランの御三方のお力で魔物は次々と始末されていった。

「流石ですね……」

後ろからシャルちゃんのかすれた声が聞こえてきた。振り向くと、クリス君と一緒の馬に乗ってやってきたシャルちゃんがいる。

どうやらこちらに来てくれたようだ。

「本当に。こんなたくさんの魔物相手に、三人で圧倒するなんて」

「アラン様という魔法使いの力を中心にはしているけれど、それでもここまで圧倒できるのはカイン様とアンソニー先生がいるからですよね」

キラキラと目を輝かせて見入るクリス君がそう言った。

クリス君は、戦士としてアンソニー先生とカイン様のことを尊敬してたもんねぇ。二人の活躍を間近に見れてちょっと興奮しているご様子だ。

ただ、それにしても……。

「気になるのは、大小様々な魔物がこうやって一箇所に集まるというのは珍しいですね」

今まで、小型の同じ種類っぽい似通った魔物が徒党を組むところを見たことはあったけれど、明らかに種類が違う魔物が集まって一緒に行動しているように見えるのは珍しい。

最初に学園を襲われた時も、大小様々な魔物が一気に押し寄せてきたけれど、それは結界が一斉に壊れたことで魔物がただ同時に雪崩れ込んできたからだ。

結界からも離れたこんな場所で、魔物が固まって動いているというのはどうにも変な感じがする。

「この魔物たち、なんとなくですけど、裏に何かありそうな気がします」

「何か、ですか？」

思わず口にした小さな呟きに反応してシャルちゃんが声をかけてきて、私は慌てて顔を横に振った。

「あ、いえ、確信はないんですけど。なんとなく、不自然だなって思って……。とはいえ、魔物相手では尋問するわけにもいきませんから、確かめる方法はないんですけど」

「そう、ですか……」

そうシャルちゃんと話している間にも魔物はアランカイン様アンソニー先生という三銃士によってほぼほぼ片付きそうになっていた。

あとで魔物を燃やすなりして処分する必要はありそうだけど、動ける魔物の姿はない。

片付いたかと思ったところでアンソニー先生がこちらを振り返った。

もう終わりそうだと報告してくれるのかと思った、その時。

馬の大きな嘶き（いなな）とともにぐらりと視界が歪（ゆが）んだ。

体が大きく揺れ、地面に振り落とされそうになる。慌ててしっかりと手綱を握り、そして私の後ろにまたがっているアズールさんの踏ん張りもあってなんとか落馬を堪（こら）えたけれど。

暴れる馬の勢いは落ち着く気配はなく、ひたすら上下にガクンガクンと体が揺れる。

「リョウ様ー！」

シャルちゃんの叫び声が聞こえ、周りのざわめきが遠ざかるような感覚がして、気づくと馬が大通りを外れて森の中を疾走しているようだった。

馬の手綱を頼りにどうにか馬の首のあたりを手でさする。

「落ち着いて！」

と叫んでみるが、一向に落ち着く気配はなし。

おかしい。

何かの刺激があって一時的に暴れてるだけなのかと思ったがそうではないのかもしれない。

そして馬を宥（なだ）めるために首のあたりをさすっている時に何か異物に触れた。

ハッとしてその異物を引き抜くと、細い針のようなものだった。

針が刺さって、暴れたの……？

いやでも、こんな小さな針でここまで暴れるとなると、もしかして毒……？

「リョウ殿、しっかり手綱を握るであります！」

大きく揺れて馬から放り出されそうなところをまたもやアズールさんが体を張って押さえてくれた。

「す、すみません！　けど、馬が暴れてる理由がわかりました……！」

解毒をしようかと思ったが、まずは馬を止めようと、私は揺れる体を馬にしがみついてやり過ごし、舌を噛まないように慎重に呪文を口にした。

手綱を強く握り締めすぎたことで掌が切れており、自分の血には事欠かない。

唱えた呪文は触れた相手を眠らせる呪文だ。

それはみごとに成功して、先ほどまで嘘みたいに暴れまくっていた馬が徐々に走力を落として立ち止まると、最後には倒れるようにゆっくりと膝を折った。

私とアズールさんが素早く馬から下りると、馬はそのままばたりと横に倒れる。

胸が上下に動いているので死んではいないみたいだけど、暴れ回ったお馬さんも大変だったようで口から泡を吹いているし、走ってる途中で枝にでも引っかかって切れたのか所々血が滲んでいた。

「リョウ殿、大丈夫でありますか!?」

息も絶え絶えな様子のアズールさんがそう声をかけてくれて私は頷いた。

アズールさんの手も、手綱を握り締めすぎたようでズタボロになっていた。

「大丈夫です。アズールさんも手が……」

魔法で治そうかと思って手を差し出したがアズールさんが首を横に振ってそれを断った。

「私のことはいいであります。逆に無傷ともなれば怪しまれますし」

アズールさんの言うことはもっともだ。

ちょっと手が痛々しいけれど私はどうにか堪えて馬の方を見る。

「馬の方は何か毒が与えられた可能性があります。それを確かめます」

私は息が整うのを待つのも面倒で引き続き呪文を口にして馬を撫で、解毒を願う。

しばらくすると、光のオーラのようなものが馬を包み、馬の首、おそらく針が刺さっていたであろう場所から血がプシュッと吹き出した。

この反応は、やっぱり毒だ。

なんの毒かはわからないけれど。

あの毒針を調べればわかるかもしれないが、馬を止めるために無我夢中になっている間に落としてしまった。

来た道を戻る間に運良く見つかればいいけれど、小さいものだから見つけるのは困難だろう。

そう思って来た道を見ていると、背後からかすかに物音が聞こえてきた、ような気がした。

人の足音？　誰かがこちらに向かってきている？　後ろを振り返って音のする方を見てみたが、まだ姿は見えない。

身を隠した方がいいだろうかと思ったところで、先ほど音がした方向とは反対側、もともと私たちがいた方角から慌ただしく馬の駆ける音が聞こえてきた。

カイン様たちが追ってきてくれたのかもしれないと一瞬思ったが、もしかしたら刺客の可能性もあると思い直し、私とアズールさんは手頃な木の陰に移動して身を潜める。

けれどそれは杞憂だった。

「リョウたちが乗っていた馬だ！」

と、アランの声が聞こえてくる。

みんなが探しに来てくれたらしい。

やってきたのは予想通りアランやアンソニー先生といった私の護衛部隊の面々。

「アラン！」

馬から下りて先ほどまで私を乗せていた馬を蒼白な顔で見下ろしているアランに声をかけた。

アランは私の姿を確認するなり、わかりやすく顔を緩めるとこちらにやってきた。

「リョウ！　良かった！　怪我はないか？」

「多少切り傷がありますが、なんとか無事です。アズールさんも……」

と言ってアズールさんの方を見ると、笑顔で頷いた。

「私も大丈夫そうであります」

「無事って、二人とも手に血がついてる……」

そう言って心配そうにアランは私の手を見る。

馬の手綱を強く握りすぎて出た血だ。

「大丈夫ですよ。このくらい。ほっとけばすぐに治りますから」

実際魔法を使えばすぐに治る。けれどすぐに治したら治したで不自然なので、しばらくちょっと不自由な状態になるけれども……。

「リョウ、一体あの時、何が起こったんだ？　突然馬が暴れ出したように見えたが……」

カイン様がそう尋ねてきて私は事の次第を説明した。

馬に何か毒の塗られた針が刺さっていたこと、そのせいで馬が我を失い暴れたこと、しがみついてたら途中で馬が力尽きて倒れたこと。

「毒の塗られた針が？」

アンソニー先生が泡を吹いて倒れている馬を調べながらそう尋ねてきたので、私も側に寄って馬の首に小さく血が出ている箇所を示した。

「ここです。刺された針は途中で抜いてどこかに落としてしまったのでもうないのですが……多分馬を興奮させるような毒だったのかなと思います」

「毒針か……」

深刻そうな顔でアンソニー先生が呟いた。

「剣聖の騎士団、でしょうか？」

そう誰ともなしに尋ねると、アランが頷いた。

「剣聖の騎士団の可能性は高いだろうな」

「だが……毒針をわざわざ馬にというのは、目的がよくわからない。もしかしたらリョウ自身を狙ったのが失敗して馬に当たったという可能性もあるが、それなら致死性の毒を使うはず」

カイン様が、馬が死んでいるのではなく眠っているだけであることを確認しながらそう言った。

「いや、リョウ様のことを何も知らない輩なら少女が暴れ馬に乗って耐えられるとは思わないはずだ。普通なら振り落とされて命を落とすこともあると思うだろう。それを狙ったのかもしれない」

アンソニー先生の推論はもっともだ。普通の女子なら落馬してる。

けれど、剣聖の騎士団には親分がいる。私に馬術を教え込んだのも親分だ。親分なら、私がこれぐらいのことで振り落とされたりしないとわかっているはずだ。

それに剣聖の騎士団の目的は、私の死を利用して国に反乱することの大義名分を得て、国全体を巻き込むことだと思う。少なくとも、私に何かあれば、ルビーフォルン領、というかウ・ヨーリ教徒は黙ってないわけで……。

だから単なる事故のような形で私が死んだり怪我したり、というのは剣聖の騎士団の目的とは違う。

あくまで剣聖の騎士団は、国が私を貶めたという形をとりたいはずだ。

とはいえ、今回のことも剣聖の騎士団が関わっている可能性は高い。となると……。

「もしかしたら、私をどこかにおびき寄せるためだったのかもしれません。馬が途中で力尽きたのでどうにかなりましたけど……」

あのまま馬が走り続けていたら、誰かが待ち構えていたのかもしれない。そして私を攫って何かに利用する予定だったのかも。

アランたちが来る前、かすかに人の気配のようなものを感じた。そのすぐ後にアランたちがやってきたのでその気配だったのかもしれないけど……。でもどちらかというと気配はアランたちが来たのとは逆の方向だった気がする。もしかして、待ち構えていた何者かが……？

ハッとして周りを改めて見渡してみた。鬱蒼と繁る木々が見えるだけで、今はもう人の気配のようなものは感じない。

「少しこのあたりを探らせた方がいいかもしれない」

アンソニー先生がそう言うと、アランに視線を移した。

「そうだな。そうしよう」

護衛部隊の長であるアランが頷くと、アンソニー先生は「私の方で手配します。一緒にリョウ様のおっしゃっていた毒針についても探してみます」と言って礼をした。

後のことをアンソニー先生とその部下の人たちに任せて、私はアランたちと一緒に一旦馬車の方に戻ってきた。

魔物は全て動けないようにしたはずだけど、彼らは不死身だ。最終的に燃やして跡形もなく処理しなければそのうちまた動き出す。

倒した魔物を処理しようと思ったけれど、戻った時にはすでに魔物の残骸はなくなっていた。けれど燃やしてる感じも、火を使った形跡もないけど……？　と不思議に思っていると、

「リョウ様！　ご無事で……！」

とシャルちゃんの声が聞こえてきた。

飛びつくように抱きついてきたシャルちゃんを受け止める。

シャルちゃんの目がウルウルと泣きそうな感じで……。

「リョウ様、あんまり心配をかけないでください！　どんな気持ちでいたか……！」

ごめん！　相当心配をかけちゃったよね！

「すみません、でも、大丈夫ですよ！　大した怪我もないので！」

と言って私はこっそり血が滲んだ掌をグーにして後ろに隠した。

シャルちゃんにこんなの見せたら余計に心配かけちゃいそうで思わず。

「リョウ様のことだから、大丈夫だと信じてましたけれど、心臓が持ちません。でもこうして無事の姿を見てホッとしました……」

そう言って、シャルちゃんは微笑みながら目に溜まった涙を拭った。

「本当にすみません……心配をおかけしました。あ、そういえば、魔物の処理は……？ほとんど終わってるみたいですけど」

「シャルロット様が魔法で土に返したんですよ」

シャルちゃんの後ろからやってきたクリス君がそう言った。

ああ、そうか、シャルちゃんは燃やす以外の魔物処理方法を持っていたんだ。

腐らせて土に帰らせるっていう凄技。

「それにしても、師匠は無茶しないと言って外に出てきたのに、結局危ないことに巻き込まれましたね」

呆れたような笑顔を浮かべてクリス君がチクリと物申してきた。

いや本当にまったくその通りで……。

無茶はしないし、大丈夫だから魔物のところ行こうぜ！　と言い切ったのに、こんなことになってしまってマジで何も言い訳ができない。

「すみません……」

「本当に心配しましたけど、でも、リョウ様が無事なら良いんです」

シャルちゃんの優しいフォローが胸に染みる。マジ天使。

「シャルちゃん、ありがとう。それに魔物の処理まで」

「いいえ、これくらいのことしかできないので、任せてください！　それよりもリョウ様、馬車に戻りましょう！　やっぱり外は危険です！」

シャルちゃんはそう言うと、ぐいぐいと馬車の方へと私を誘導してくれた。

うん、しばらく大人しく生活せねばならぬようである。

「そうですね」

私は大人しく馬車に乗る。

ただ、てっきりシャルちゃんも一緒に戻るものだと思ったら、そうではないらしい。

「あれ、シャルちゃんも一緒ではないのですか？」

「実はまだ、魔物の処理が終わってないんです」

「それなら私も手伝」

「ダメですよ！　手、怪我してますよね？　リョウ様は手当てしてもらってください」

どうやら手の傷はバレていたらしい。

「終わらせたら、すぐに戻ってきますから」

シャルちゃんはそう言って、可愛らしい笑顔を向けると行ってしまった。

なんとも頼もしいシャルちゃんである。

転章Ⅱ　シャルロットと剣聖の騎士団

あの時、リョウ様はこの魔物の襲撃は何か裏がありそうだとおっしゃってた。

魔物を尋問することはできないから確認できないと言って終わったけれど……。

それを聞いた時、私は思った。

もしかしたら私なら、できるかもしれないって。

だから、ちょっと試してみようと思っただけ。

だけど、実際にそのちょっとした思いつきが成功したのを目の当たりにしたら、自分でやったことなのに想像以上に……驚いた。

だって、目の前のカラスに似た黒い鳥型の魔物は、先ほどまで全身をバラバラにされていた。

翼を折られ、一本しかない脚も切断されて、目は閉じられ、ただただごみのように地面に伏していたのに、今は目玉をぱっちりと開き、折られた翼は元に戻って、脚も繋がっていた。そして、私の問いかけにはっきりと答えた。

「ニンゲンにツカマッテ、ハナタレタ」

襲撃を受けた時、この魔物が人の言葉を話しているのを見た。

「タスケテー」と女性の叫び声のようなもので鳴いていた。

だから、この魔物にならら、もしかしたら話を聞けるかもしれないと思って……腐死精霊魔法を使ったのだ。

想像以上に意思の疎通ができる感覚がする。

言葉を交わしただけじゃなくて、何か、どこかで私と繋がってる感覚が。

これも、私が使った腐死精霊魔法の効果なのかな……。

あ、でも、考えるのは後。リョウ様が疑問に思っていたことを確認しなくちゃ。

「えっと、どんな人間に捕まっていたの？」

「ムラサキの目の男」

カラスに似た魔物はそう答えた。紫の目……？

「紫の瞳といえば、ヘンリー殿下……？」

紫色の瞳は、王族の血筋の中で現れやすい瞳の色だと聞いたことがある。

殿下は、綺麗な薄紫の瞳を持っていて……でも、殿下がわざわざ魔物をけしかけるとは思えないし……。

そしてもう一人、身近に紫の瞳を持っている人を思い出した。

「そういえば、確か、アンソニー先生も……」

「私が、何か？」

後ろから突然声をかけられて慌てて振り返った。

いつもの柔和な笑顔を浮かべたアンソニー先生がいた。

「アンソニー先生こそ、どうしてここに……？」

「リョウ様に言われて周辺を見て回っていたんだ。どうやらこの件に剣聖の騎士団が関わっているかもしれないと疑っているらしい。だが、残念ながら手がかりになりそうなものはなかった」

そう言って、残念そうに首を振った。

でも、その時、カラスの魔物が「アイツ」と言った。それだけの単語だったけれど、魔物と妙な繋がりを得ていた私には言いたいことがわかった。

魔物を捕らえて、放ったのは、アンソニー先生なのだと。

愕然（がくぜん）とする私に、アンソニー先生は険しい顔を見せて、慌てて剣を抜いた。

「……！　離れて！　そこに魔物が！」

カラスの魔物に気づいたゆえの抜剣。でも、私にとってこの魔物はもう全く脅威ではない。むしろ……。

「これのことより！　アンソニー先生は、どうしてリョウ様の邪魔を!?」

思わず叫ぶように言った私の言葉に、先ほどまで魔物を睨（にら）み険しい顔をしていたアンソニー先生が目を見開いた。

「……それは、どういう……？」

先ほどまで魔物に向けられていた警戒の色を伴う瞳は、戸惑いに代わって私に向けられている。

「どうもなにも、わざわざ魔物を放ってリョウ様を危ない目に遭わせたじゃないですか！」

「何を言っているのか、まったく、わからないな」

「いまさらとぼけないでください！　どうして、そんなことを⁉　アンソニー先生は剣聖の騎士団と関係があるのですか⁉」

そうだとしたら、許せない。

だって、アンソニー先生のことをリョウ様は信頼している。だからこそ護衛として側に置いていたのに！　それなのに、そんな先生に裏切られたら……リョウ様がどんなに悲しい思いをするだろう……！

「何か、答えてください！」

アンソニー先生は私の問いかけに驚きの表情を浮かべるだけで、動きがない。

私は歯を食いしばって、睨みつけた。

「それは……」

そう言ったアンソニー先生が、私よりも少し奥の方に視線を向けて目を見開いた。

どうしたのだろうと一瞬思ったところで、アンソニー先生が動いた。

早くて、よくわからなかったけれど、私は気づいたら地面に倒れていた。

先生に突き飛ばされたのだ。それと同時に、鈍い音もした。

顔に何か生温かいものがかかる。

何がと思って、顔にかかった何かを手で拭ってみると……。

「血……！」

手が赤く濡れていた。

顔を上げたら、アンソニー先生の背中が見えた。そしてその背中には腹のあたりに大きな赤い染みと、剣の切っ先。

「せ、先生……!?」

先生のわき腹が、貫かれてる。

呆然としながらも、改めてアンソニー先生の正面を見てみると知らない男の人がいた。

その男の人が剣でアンソニー先生を刺していた。

「何故かばう!?」

知らない男の人はそう言って叫ぶと、剣を引き抜いた。アンソニー先生の体から、再び赤い液体が溢（こぼ）れ出る。

「ひっ……！」

思わず情けない悲鳴が私の口から漏れた。

でも、アンソニー先生は、傷なんかないかのように立ったまま、まっすぐ男を見て、剣を構えた。

「悪いが……彼女も、私の教え子なんだ」

かすれたような声。

それを見て私はやっと気づいた。

おそらく、この知らない男の人が、私を剣で切り倒そうとしたところを、アンソニー先生が守ってくれたのだ。

「何言ってるんだ！　お前のことがバレたんだ。殺しておかなくちゃいけない！」

男の人は血走ったような目でそう言った。

「ダメだ、それだけは……。彼女は罪を犯してない。殺すことなどできない」

「馬鹿が！　そんな甘いことを言っているから失敗したんだ！　リョウという婚約者の女も殺した方が早いのに、わざわざ魔物を使って誘い出し捕らえようなどと……手間がかかるだけのことをさせやがって！」

「わざわざ殺す必要などない！」

「いいやある！　この女だって魔法使いなんだろう？　それだけで俺は殺してやりたいね！　リョウってやつも国に肩入れしてる時点でもう救いようがないのさ！　殺した方が

いい！　新しい時代にはいらねえんだ！」

「そんなことは……」

二人は言い合いをしながら剣で打ち合い始めた。けれど明らかにアンソニー先生が押されている。

だって、アンソニー先生は大けがしてるんだもの、当然よ！

私は側に
いた一つ脚の黒カラスの魔物に「行って！」と命じた。

遅れて魔物を当然のように操る自分と、それに対する恐怖心が何もないことに私は少し驚いた。

魔物は迷うことなく、アンソニー先生と切り合っている男の顔めがけて飛んで行く。

「な、なんだ、こいつ！　魔物が……！」

アンソニー先生と切り合い、先生を蹴り倒したところだった男はそう言って、突然の魔物の襲撃にひるんだ。

今だ。リョウ様に伝えなくちゃ。リョウ様ならきっと助けてくれる。リョウ様なら……。

そう思って、走り出そうとして、立ち上がろうとしたら足が痛んだ。

さっき倒された時に足をひねったのかもしれない。

でも、行かないと……！

もう一度踏み出した時に「勝手に動くな！」と粗暴な男が叫んだ。

彼は一本足の魔物を切り上げて両断すると、そのままその剣を私に向かって構えた。

もう駄目だと思った。間に合わない。

ああ、どうして私はいつもこんなにダメなのだろう。

リョウ様のお役に立てると思ったのに、自分で対処できなくて、結局また頼ろうとして
……。何もできずに、私……！

目をつむって身構えて……でも、いつまでたっても痛みがない。

顔を上げると……。

先ほど私を襲おうとしていた男の胸に剣が刺さっていた。

男は口から大量の血を吐き出し、振り上げていた腕を下ろすと、そのまま剣を手放しど
さりと地面に倒れた。そして血に濡れた剣を持つ先生が……。先生が男を倒してくれた？

助かったの……？

心臓の音と自分の荒い息遣いがうるさいくらい耳に響く。

必死で息を整えようとした時、アンソニー先生が膝を地面につけた。

剣を杖のようにして倒れるのを堪えようとしたようだけど、すぐに崩れるように先生は
横に倒れた。

先生の体のあちこちから血が流れているようで、赤い染みが広がっていく。

「ア、アンソニー先生……！」

思わず側に駆け寄って先生の横に座った。

流れる血を止めなければと思ったけれど、どうすればいいのかわからなくて……。

「まだ、先生と呼んでくれるとは……嬉しい、ね」

弱々しい声で先生がそう言った。

「しゃべらないでください！　えっと、そうだ、私リョウ様を呼んできます。リョウ様ならきっと、助けてくださる！」

私がそう言って立ち上がろうとすると、アンソニー先生が私の手を軽く掴んだ。

「私のことはいい。……もう、どのみち助からない」

「ダメです、ダメ……先生がいなくなったら、リョウ様が悲しみます！」

「悲しんでくれる、だろうか。私が剣聖の騎士団だと、知ったら、恨まれる、かもしれないな。……リョウ嬢にはすまないと、伝えて、ほしい……」

「そんなこと、ご自分で言ってください！」

そう声をかけてみたけれど、もう先生の耳には聞こえないみたいだった。

うつろな目で、虚空を見つめている。

「私は……ただ、人でありたかった。母にとって、父にとって、大切な人にとって……殿下にとって……ただ、人でありたかっただけ、なんだ」

そう言って、アンソニー先生の瞼が閉じた。

私の手首を掴んでいた先生の手が落ちる。

先生の周りに集まる黒い腐死精霊たちを見て、死んだのだと、わかった。

「アンソニー先生……」

名を呼んでも返事はない。

死んでしまった。

私は、リョウ様や騎士科の生徒たちに比べたらそれほどアンソニー先生とは関わりがなかったと思う。

でも、リョウ様と先生がお話しているところにご一緒することもあったし、リョウ様が信頼を置いていたから、きっと良い先生なんだと、思っていた。

その、先生が、死んでしまった……。

頭が真っ白になって、そしてふとリョウ様の顔が浮かぶ。

「……このままだと、リョウ様が悲しむ」

真っ白な頭の中で、それだけを思った。

先生は、自分が剣聖の騎士団だとリョウ様が知れば恨むかもしれないと言っていたけれど、きっとリョウ様は恨むより悲しむと思う。だって、リョウ様は優しいから。

そして、アンソニー先生の死は、それ以上の悲しみになる。

リョウ様が悲しみで涙を流す姿が浮かんだ。

……泣かせたくない。

最近のリョウ様は気丈に振る舞っているけれど、辛い思いを抱えていること、なんとなくわかってる。剣聖の騎士団に命を狙われてるから、だけじゃなくて、何かリョウ様にとって剣聖の騎士団は特別な存在みたいで、深く傷ついている。

それなのに、アンソニー先生のことを知ったら……。

リョウ様に降りかかる悲しみや嘆きも全て、振り払えたらいいのに。

私はただ悲しみの雨から、リョウ様を守りたいだけ。

リョウ様が私に、そうしてくれたように。


「……」


自然と口から、あの呪文が出てきた。

もうこの呪文は使わないと、誓ったものだった。

けれどこれは、リョウ様を悲しませないために私ができる唯一の方法。

もし、リョウ様が、私のこの忌まわしい魔法のことを知ったら、きっと私のことを嫌ってしまうかもしれないけれど、それでもいい。

悲しみから救えるのならば。

第五十二章　レインフォレスト領編　それぞれの気持ち

もしかしたら魔物が襲ってきたのも剣聖の騎士団の策略？　と思ってアンソニー先生に近辺を調べてもらったら……本当に剣聖の騎士団の一員を捕まえてしまった。

いや、捕まえたというか、その人はすでに亡くなってしまったのだけど……。

「この人が、魔物を放って私を殺めようとしたってことですか？」

私はしゃがみこんで、地に伏せた中年の男性の死に顔を見つめてそう尋ねた。

私とアランで先に馬車の中で待っていたところに、アンソニー先生とシャルちゃんが見てもらいたいものがあると言うので来てみたら、この男が倒れていたのだ。すでに亡くなっている。

死体を前にしてるというのに、思いの外に気持ちは冷静だ。

この男の人は、アンソニー先生が連れてきた王国騎士の一人だった。

本当に、騎士の中に剣聖の騎士団がいたとは……。

「はい。こと切れる前に剣聖の騎士団に所属しているらしき発言をしていましたし、毒針を隠し持っていました。おそらく、リョウ様の馬に刺したものと同じかと」

私の後ろに立っていたアンソニー先生がそう言って、細い針状のものを私が見えるように差し出した。

「それに、あの時、馬車を襲った魔物は全て見覚えがあるものでした。リョウ様の元に合流する前の任務で片付けたはずの魔物だったかと思います。魔物の最終的な処理を私はこの男に任せていたのですが、秘密裏に捕獲をして利用しようとしたのでしょう」

「なるほど。だとすると少なくとも先ほどの魔物の事件との関わりはありそうですね。けれど、魔物を捕獲して利用するなんてこと、一人でできるものでしょうか……」

考えられることとしては、あらかじめ魔物の四肢を切り落とすなりして動きを封じ、私たちが通る道に配備。

魔物は基本的に不死身でしばらくすると再生するから、そのタイミングで魔物をけしかけて私たちの馬車を襲わせる。

できないことはないだろうけれど、一人でやるにはきつすぎる仕事量だ。この男の他に協力者がいる可能性は高い。それに……。

「どうして、そんな手の込んだことをしようとしたのでしょうか」

正直疑問は尽きないけれど、もうすでに死んでしまっている人に尋ねるわけにはいかないので何とも歯がゆい。

「申し訳ございません。この者が思いの外に腕が立ったので手加減できず……。生かして尋問すべきでした」

　アンソニー先生の謝罪の言葉が聞こえて私は慌てて首を振った。

「あ、いや、すみません！　責めたかったわけじゃないんです！　むしろアンソニー先生には感謝してます！　シャルちゃんの危険を救ってくださったわけですし」

　実は先ほどシャルちゃんからこの男に襲われて殺されそうになったところをアンソニー先生に助けてもらって……という説明を聞いていた。

　魔物の処理をするために一人林の中に入ってしまったシャルちゃんはこの男に襲われたが、たまたま近くにいたアンソニー先生が男の凶行を止めてくれたらしい。

　マジで危機一髪だった。

　アンソニー先生の隣に立っていたシャルちゃんは襲われたことが怖かったのか、先ほどから青白い顔で元気がないご様子。怪我とかはないみたいだけど、怖い思いをさせてしまった……。

　でも、無事でよかった。アンソニー先生には感謝しかない。

「アンソニー先生、この人は確かアンソニー先生が連れてきた騎士だったかと思うのですが、普段はどのような人だったのですか？」

「……たまたま先日の魔物討伐の任務で一緒になった者なので、さほど詳しくはないのですが、騎士の中でも長年城に勤めていた者だと記憶しています。まさか、このようなことになるとは……重ね重ね申し訳ありません」

「そうですか……長年勤めていたのだとしたら、きっと城の内情にも詳しかったのでしょうね」

「おそらく」

となると色々と腑に落ちることは多い。

もともと、城の内部に剣聖の騎士団の手の者がいるような気がしていたのだ。

先日の王国騎士の矢のこともそうだし、エルバロッサが城の内情に詳しすぎたこと、他にも諸々気になることはあった。

城の中で剣聖の騎士団の手引きをした者がいるとしたら、その全てが説明できる。

長年城に仕えていた騎士というのなら、色々城内で工作をするにも事欠かない立場だ。

「男は、剣聖の騎士団に所属していると言っていたそうですが、他に何か話しませんでしたか？」

私は改めてアンソニー先生を見てそう尋ねる。

アンソニー先生は少し悩むように下を向いたのだけど……あれ、アンソニー先生ってこんな顔、だったっけ？

なんか改めて見ると、アンソニー先生の顔色もシャルちゃんに負けず劣らず悪い。というか、生気がない。まるで、死人みたい。

考えてみると、先ほどから少し口調もおかしいような気がする。妙に淡々としているというか、何か義務感のようなものでしゃべらされているような感じで……。

私が彼の顔をまじまじと見ながら観察していると、アンソニー先生は口を開いた。

「他に気になることといえば、ひどく焦っている様子でした。魔法で消される、もう後がないというようなことも、言っていたかもしれません」

「ああ、おそらく殿下の魔法で王国騎士の弓矢が崩されたことで焦っているんだろうな。やはり殿下の力については剣聖の騎士団の中でも想定外なんだ」

アンソニー先生の言葉に、アランがそう答える。

先生の顔色が悪いことに気を取られていた私はハッと顔を上げた。

いかんいかん。変なところを気にしてる場合じゃない。

よくよく考えれば、今倒れているこの男はもともとアンソニー先生が連れてきた部下的な騎士だ。それほど親しくないと言ってはいるものの、アンソニー先生に思うところがたくさんあってもおかしくない。顔色が異様に悪いのもきっとそのためだろう。そう結論付けたタイミングで、アンソニー先生がアランの言葉に答えるようにコクリと頷(うなず)いた。

「そうですね、アラン様のおっしゃる通りなのかと思われます。剣聖の騎士団は現在打つ手を失っている状態なのでしょう。そして先ほどリョウ様を襲おうとした件でも失敗している。あまり油断するのも禁物ですが……今後のリョウ様への襲撃そのものを見送る可能性もあるかと」

アンソニー先生の冷静な分析に私も同意だ。

もともと魔法で作った矢を全て消失させることができるゲスリーの力の片鱗を目の当たりにした時に、剣聖の騎士団の動きは鈍るかもしれないと思った。

いやだって、あの力は反則だもの。ゲスリーの一声で、魔法で作られたものが尽く崩れるとなったら、すごいことになる。正直、私もゾッとしたし、敵じゃなくて良かったと心底思った。ただ、完全に警戒を解くことはできない。だって、今倒れているこの男以外にも、私の近くに剣聖の騎士団の手の者が紛れてる可能性は大いにあるわけで。

そして、それが一番疑わしいのは……。

「アンソニー先生、アンソニー先生が連れてきた騎士たちについてなのですが……」

私がそう切り出すとアンソニー先生が頷いた。

「わかっています。他にも剣聖の騎士団の者が混ざっている可能性がありますので、私の方で調べて、怪しいところがなかったとしても念のため全員この任務から外してもらうつもりです」

「そうしてもらえると助かります。せっかく来てくださったのに、申し訳ないですが」

「……いや、待て」

私とアンソニー先生のやりとりが終わるってところで、アランが少し強めの口調でそう遮った。
何だろうと思って顔を見ると、アランは疑わしそうにアンソニー先生を見ている。
「俺は、先生のことも正直信用できない」
「ア、アラン……！」
私は思わずアランの名前を呼んでみたけれど、でも、アランの言うことも一理ある……。
アンソニー先生が剣聖の騎士団の一員である可能性。そんなことを疑いたくなんてない
けれど……可能性はある。
だって、実際、この男の人を私のもとに連れてきたのは、何を隠そうアンソニー先生本
人なのだから。
「それは……確かに当然の反応ですね。私としては、リョウ様をこのままお守りしたいです
が、信用するのが難しければこのまま城に突き出しても構いません。処分はいかようにも」
アランの疑惑はアンソニー先生も覚悟の上だったらしく、そうはっきりと述べた。
処分……どうしたものか。私としては気心の知れた信頼できる人を一人でも多く側にお
いておきたい。アンソニー先生なら実力もあるし、安心だと思っていたけれど……。
信頼できるという前提条件のところで少々怪しくなってきたのは否定できない……少な
くとも、アランは疑っている。
私は……どうだろう。信頼したいという気持ちが強すぎて、正直冷静に判断を下せそう

にない。

「リョウ様、私は、アンソニー先生を信頼してもいいと思います。先生は、リョウ様を絶対に裏切りません！」

悩む私に、そう突然断言したのは、シャルちゃんだった。

「だが……状況から考えると、怪しいことが多い。魔物に襲われた時に、それが以前自分たちで倒したことのある魔物だとまず気づいたはずだ。だが、すぐに言わなかった」

警戒心剥き出しな顔でアンソニー先生を睨みながらアランが言う。

アランの指摘はごもっとも。つい先ほど、実はあの魔物は……と教えてくれたけれど、どうして今になったのだろう。魔物を見た時に言ってくれても良かった。

「た、確かにそうですけれど、でも、あの時は色々バタバタしてましたし、言う機会を失っていてもおかしくないと思います！　それに、今のリョウ様には少しでも信頼できる護衛が必要です！　先生は絶対に裏切ったりしません……！　だって……」

そう言ってシャルちゃんが口籠もった。何かを言おうとして、でも、言えないという風に唇を噛む。

シャルちゃん……。そういえば、襲われそうになったところをアンソニー先生に助けてもらったんだもんね。

少し私もピリピリしすぎてたかも。実際アンソニー先生が剣聖の騎士団だとしたら、シヤルちゃんを襲ったという剣聖の騎士団の男を返り討ちにはしないはず。それに私は先生のことを信頼しまくっていたので、先生なら私を殺すタイミングは山ほどあった。でも、先生はそうはしなかった。

信じてもいい、と思う。というか、そもそも私はアンソニー先生を疑えないというか、やっぱり疑いたくない。自分でも甘いと思うけれど。

私はある程度、答えを見つけつつ念のための確認、ということで口を開いた。

「先生は、アレクサンダーのことや剣聖の騎士団のことをどう思いますか？」

私の突然の質問に、アンソニー先生は少し目を見開いた。

「……正直に申し上げれば、魔法使いを優遇しすぎているこの国の現状を変えようとしている彼のことを否定しきれない部分があるのは事実です。革命家アレクサンダーは、非魔法使いを中心にした国作りを理想として掲げているとか。……それはおそらく非魔法使いならば、誰もが夢見ることかと思います」

思いの外アンソニー先生が自分の気持ちを吐露してくれて、逆に私の方が驚かされた。

ここまではっきりと口にするとは。

なんて声をかけようかと迷っていると、アンソニー先生は改めて口を開いた。

「ですが今の私は、ただ、リョウ様を守りたい。リョウ様の命を脅かすのでしたら、剣聖の騎士団もアレクサンダーなる者も許せない。それだけです」

なんだか、聞きようによっては愛の告白みたいなことを……。

先ほどとは違う意味で言葉に詰まる。アンソニー先生は照れもせず淡々と語ってるけど、そんなこと言われると私が照れるんですけど……。

ただ、アンソニー先生は嘘を言っていないような気はした。なんていうか本当に淡々としていて、聞かれたことを正直に話しただけっていうか……いやそれはそれで先生らしくない感じではあるんだけど、先生はさっきからこんな調子だし……。

というか、ただ私が信じたいだけかも。シャルちゃんだって力説してるし、私も先生を信じたい。

「ありがとうございます。引き続き私の護衛として側にいていただければ助かります。……けれど、しばらくは馬車の外の護衛を。アランもそれならいいですよね？」

私がそう言うと、アンソニー先生は迷いなく頷いて、アランもしぶしぶという感じで頷いた。

とりあえず方針が決まって少しホッとしたら、昔、アンソニー先生と話したことを思い出した。

英雄の話だ。私には英雄の素質があるという話の流れで、私はアンソニー先生に『百人の命を救うために、大切な人の命を捨てなければならないとしたらどうしますか？』なんてずるい質問をした。

その時先生は……。

「そういえば、アンソニー先生に剣の稽古をつけてもらった時、たくさんの命を救うために、大切な人の命を捨てなければならないとしたらどうしますか？　って尋ねたら、両方助けてみせる、それだけの力をつけたって、答えてくれましたよね。最近そのことをよく思い出すんです。実は私も、国を変えたいという気持ち的にはアレクサンダーとそう変わらない、部分があります。ですが、彼とは方法が根本的に違う。アレクサンダーのやろうとしていることは必ず犠牲が出る。大勢を救うために少なくない犠牲が出るやり方です。そしてその少なくない犠牲の中に、きっと私の大切な人も含まれてしまう。だから私はアレクサンダーに賛同できない。彼から見たら私のやり方は遠回りに見えてイライラするのかもしれませんが、でも、誰も見捨てることなくこの国を変えたい。……私も、今ならそれぐらいの力をつけてきたと思えるから」

思わず熱く語ってしまった。でもアンソニー先生に聞いてほしかった。

あの時、まだ小さかった私が、今はそう思えるようになったのだということを知ってほしかった。

そして、先ほどアンソニー先生が正直に非魔法使いならアレクサンダーの理想は誰もが夢見ることだと言ってくれたことに対しての、私なりの回答を伝えたかった。だって、私も非魔法使いの一人だもの。

「私が、そんなことを言ってたのですか……？」

先生が心なしかぽかんとした顔でそうおっしゃった。

もしかして……。

「あ、あれ……覚えてないですか？」

「すみません。少し、記憶が曖昧なところがあって……」

とアンソニー先生は淡々とお答えになった。

なんていうか、さっきまで内心自分の中で盛り上がっていたのもあって、忘れられてることが地味にショックっていうかなんていうか……。

思いっきり昔のことを語って良いこと言った風にしてしまったのがなんか地味に恥ずかしい……！

私にとって特別だったからよく覚えていたけれどアンソニー先生にとってはそうではないよね……うん。

「あ、リョウ様、その、さっき私思いっきりアンソニー先生の頭をこうぐらぐら揺らしたので、それで、ちょっと記憶が曖昧なのかもです！」

多分地味に落ち込んだ私を気遣ってかシャルちゃんがそうフォローをしてくれた。

ありがとう……。ぐらぐら揺らすって……うん、気を遣わせちゃってごめんね。

「リョウ、俺はリョウの言ったことは何でも覚えてるから。気を落とすなよ」

ちょっと、アランまでなんかかわいそうなものを見るような目で私を見るのはやめて！

まさかアランにまでフォローされるなんて……。

その後私は曖昧な笑顔でアンソニー先生と向き合い、今後の護衛の編成や倒れている男の処遇などについて話し合った後、ゲスリーと合流して改めて旅を再開したのだった。


それ以降、一度も襲われたりトラブルに見舞われたりすることなく、気づけばもうレインフォレスト領までたどり着いた。

レインフォレスト領の後は、ルビーフォルン領と続き、次は目的地のグエンナーシス領になる。各地の領主様と挨拶をしながらの長い旅もようやく後半戦といったところ。

終わりが見えてくると妙に寂しさを感じる。

領地をいろいろ見て回れるのはなかなか貴重で、そういう意味では有意義な旅だったしね。

あと、何故かシャルちゃんとアンソニー先生が妙に接近しているのが気になる。側にいることが多いというか、二人でひそひそ話してるところをちらりと見たりもした。何を話しているのかまでわからないけれど。

あの二人もしかして……と思いつつ、リッツ閣下の笑顔がよぎる。

いや、ほら、リッツ君とシャルちゃんって、結構仲良かったしもしかして？　みたいなところあったからさ。でも……。リッツ君、ドンマイ……。

脳内でシャルちゃんを中心とした昼ドラ展開な妄想を働かせつつレインフォレスト領の中で一番大きな町にたどり着くと、私もよく知っているアイリーンさんご夫妻がお出迎えしてくれた。

「ようこそ、おいでくださいました。歓迎いたしますわ」

アイリーンさんは、相変わらずの可憐な美貌を振りまきながらそう微笑んだ。

その隣には、ナイトのごとく夫のカーディンさんが寄り添っている。

「こちらこそ、レインフォレスト領の美しき翠玉と呼ばれるアイリーン夫人にお会いできて光栄です。短い間ですが、しばらくお世話になります」

ゲスリーが相変わらずの外面の良さを発揮して和やかに挨拶をすると、アイリーンさんの手を取って指にキスを落とした。

側から見たら挨拶も完璧で本当にできた王子なのだけど、内面を知ってる私からすると本当に薄ら寒い。

こういうのをこの旅の間に何回も見たけれど、未だに外交用ゲスリーには慣れん。

「リョウも会えて嬉しいわ。でも、まさかこんな形で会えるとは思ってなかったけれど」

アイリーンさんが懐かしむように目を細めてそう言うので、私も思わず自然に笑顔が溢れる。

「私もまさかこのような形でお会いすることになるとは思いませんでした。でも、またお会いできて嬉しいです」

そう言って手を広げて挨拶の抱擁のポーズを取ると、アイリーンさんも私を抱きしめてくれた。

「リョウ、婚約おめでとう」

アイリーンさんが少し泣きそうな声でそう言った。

後ろから頭を撫でてくれる手の温度が温かくて、とても優しい。

再会を喜んだ後、アイリーンさんはゲスリー殿下に対しても相変わらずの強気な瞳を向ける。

「ご存じと思いますが、私はリョウのことを昔から知っているのです。まるで自分の子供のように感じてもおりますの。不敬を承知で申し上げますけど、この子をないがしろにしたら、殿下であろうと許せそうにありませんわ。幸せにしてあげてちょうだいね」

そこまでのことを言ってくれたアイリーンさんにびっくりして目が丸くなる。

確かに私も小さい頃からお世話になってるレインフォレスト領のことは第二の故郷みたいな感覚でいるけれど……。

アイリーンさんの言葉が素直に嬉しくて恥ずかしい。

その言葉にゲスリーが何か答えようとしたところで、視界の端から何かが飛び込んでくるのが見えた。

気づいたのは私だけじゃないようで、カイン様も動く。

そして、ベシャアっと水っぽい何かがぶち当たるような音が聞こえた。

その水っぽい何かは前に出てくれたカイン様が受け止めてくれたけれど、受け止めきれなかった飛沫のようなものがこちらにもわずかに飛んできて、私の腕を濡らす。

腕に当たったそれは、茶色の……おそらく泥。

そう、どうやら私たちは泥水をかけられたらしい。ほとんどカイン様が被ってくれたけど。

「チーラ!?　何をやっているの!?」

そして事態に気づいて声を荒らげるアイリーンさん。

視線の先にいたのは、お出かけ用の緑のドレスを身に纏(まと)った、黒髪ストレートの美幼女、チーラちゃんだった。

手には泥水のついたバケツを持っている。

ポーズからして完全に、こちらに泥水をかけたのはチーラちゃんで間違いない。

レインフォレスト領のお姫様であるチーラちゃんの暴挙に周りが騒然となった。

「だ、だって、私、この人嫌いだもん！」

八歳児のチーラちゃんはそう言うと、泣きそうなのを必死に堪(こら)えたような顔でゲスリーをまっすぐ睨(にら)んでいる。

もしかしてゲスリーが気に食わなかったから、泥水をかけたということ!?

そういえば、私も最初、アランに泥水ぶっかけられたけど、気に食わないやつには泥水をぶっかけるというような教育がレインフォレストにはあるのだろうか……。

とか言って呑気に考えてる場合じゃない！

カイン様のおかげでゲスリーにはほとんどかからなかったからいいものの、しかし殿下に泥水ぶっかけようとしたのは事実。

なんとかいい感じにまとめて、チーラちゃんのお咎めはなしにしてもらわないと……！

私がそう思っている間に、泥水を防いでくれたカイン様が、膝を折ってゲスリーに頭を下げた。

「大変申し訳ございません。まだ幼子のなすこと。どうかご慈悲を」

泥にまみれた膝を折ってそう頭を下げる。胸から腹にかけてかけられた泥をまだ拭っていないためにポタリポタリと泥水が地面に落ちた。

「殿下、俺からも慈悲を請います」

アランも後ろから駆けつけてカイン様の隣で膝をついた。

アイリーンさんはチーラちゃんの隣にしゃがんで必死に宥めている。

「チーラ、どうしてこんなことを……⁉」

お母さんに叱られてとうとう涙腺が決壊したらしい。チーラちゃんの目にブワッと涙が溢れると、大きく口を開けた。

「だって、だって……！　リョウお姉様はカインお兄様と結婚して、チーラの本当のお姉様になってもらうはずだったのに!!」

そう言うと、チーラちゃんはうわーんと大声で泣き始めてしまった。

もう何を言っても泣くばかりである。

どうやら、チーラちゃん、私がカイン様と結婚すると思ってそれを楽しみにしていたらしい。

いや、チーラちゃんとはたまにレインフォレスト領に戻る時に遊ぶぐらいな感じだけど、妙に懐かれてるなとは思ってた。しかしこれほどとは……。

というか、私がカイン様と結婚する節なんてなかったはずなのに、どうしてそんな妄想を抱いておられたのか……。

と思ってアイリーンさんを見たら、しまった、みたいな顔をしていた。

犯人はアイリーンさん貴方でしたか。

そういえば、慰労祭の時も私の婚約者にカイン様はどうかと縁談を持ちかけられていたような。

あの時はあっさり引いたように思えたけど、諦めてなかったのか……。

私も改めてゲスリーに身体ごと向き直った。

「殿下、私からもご慈悲を。チーラ様は私にとって本当の妹のような存在なんです。どう

「そご容赦くださいますようお願いします」

と必死で言ってもみたけど、私が言ったことで判断を変えるような人ではないのがゲスリーだ。

しかしチーラちゃんは領主の娘で、しかも魔法使い。それにまだまだ子供。流石のゲスリーさんでも罰しにくいはず。

「許すも何も、私は何もされてない。それなのに何に慈悲を与えればいい？」

想像以上に穏やかな表情と声でゲスリーがそう言うものだから、少しばかり目を丸くした。

つまり、チーラちゃんのことは不問にするってことだよね？　なにこれ、優しすぎない？　ゲスリーなのに！

ちょっと驚きつつもホッとした。

ゲスリーの言葉に周りの空気が和らいだのがわかる。

「……ありがとうございます、殿下」

私がそう言うと、殿下はじっと私の顔を見た。そして何かに気づいたような顔をして私の頬に手を添えた。

「泥がついてる。飛沫が少しかかったようだ」

そう言って、私の頬についた泥水を拭ってくれた。

あまりにも優しい手つきに、さっきから私の心臓がヒヤヒヤしてるんだけど。

いやだって、こういうゲスリーは慣れない！

「殿下、娘が大変失礼しました。そして殿下の寛大な御心に最大の感謝を」

すっといつの間にか近くにきていたアイリーンさんがそう言った。

そしてあの気の強そうなアイリーンさんが優しい笑みを浮かべる。

「殿下と直接お会いできて本当に良かったですわ。正直、最近の情勢のこともあって、リョウとの婚約についてはあまり良い気持ちばかりではありませんでしたの。ですが、殿下にでしたら、リョウを任せられます。誠に、ご婚約おめでとうございます」

そう言って、アイリーンさんは深々と腰を曲げてゲスリーに頭を下げた。


レインフォレスト領との挨拶は、チーラちゃんの泥水攻撃なんかもあったけれど、どうにかうまくまとまった。

むしろ、あれのおかげでゲスリーはレインフォレスト領の領主アイリーンさんの信頼を得たように感じる。

そのアイリーンさんは、ここからそこそこの距離にある自分のお屋敷に戻っていき、代理の方が私たちの泊まる街で一番立派なホテルを案内してくれた。

最上階の大きな部屋を私とゲスリーとで二部屋。

大事なことだからもう一度言うけど二部屋です。

ない。

流石アイリーンさんわかっていらっしゃる！　婚約者とはいえ結婚前に同室とかあり得

と思っていたけれど、私用の部屋になぜかゲスリーが先にくつろいでいた。所用で少し遅れて戻ってきたらまさかのゲスリー滞在というドッキリに私は目をすがめる。

「どうしてこちらにいらっしゃるんですか？」

「私はどこにいてもいいんだ」

と言いながら、我が物顔で椅子に座っているゲスリーさん。彼はアズールさんが用意してくれた紅茶を優雅にすする。

「それに、最近あんまりヒヨコちゃんに構ってあげられなかったからね。たまには」

いや、構わなくていいんだけども。

私は胡乱な目でゲスリーを見たあと、仕方がないから同じテーブルの席に着いた。

「何か話しておきたいことでもあるのですか？」

「いや、特には」

なら、早く帰ってくれないかな。

と思いつつ私も紅茶をいただく。この人いつまでいる気だろうと思っているとゲスリーが私を見た。

「そういえば、チーラ嬢が面白いことを言っていたね。カインと結婚する予定があったのか？」

「そんな恐れ多い予定はありませんよ。色々勘違いなさったのでしょう」

「へえ。そうか、まあ、君とカインは家畜同士だ。話も合うだろうから、なくもないのかと思ったよ」

「お互いに家畜だという認識はありませんけどね。というか、カイン様は私のお兄様的な存在ですし、カイン様だって……」

と言いながら、私が婚約して初めて王宮に越してきた時を思い出した。

あの時、もしかしてカイン様は私のことが好きなのかもしれないと、思ったことがある。

ただ、その後は本当に普通でいつも通りだったので、多分私の思い違いだとは思うのだけど……。

だいたい、カイン様みたいな素敵すぎる貴公子が私を好きになるとか考えにくい。

「ああ、そうだ。言い忘れていたが、カインには暇を与えた」

ゲスリーが突然そう言うものだから私は目を丸くした。

「どういう意味ですか？」

「そのままの意味だ。レインフォレスト領滞在期間中は実家に戻らせる」

ほう。実家の近くにいるのだからゆっくりしろっていう計らいかな。ゲスリーにしては気がきく。

正直、剣聖の騎士団の襲撃の危険はもうなくなったと言ってもいいほど穏やかな旅が続いている。

襲われてから気持ち的には厳戒態勢だったけど、結局あれ以来の襲撃はなかった。

アンソニー先生の言う通り、ヘンリーの力に、剣聖の騎士団は恐れをなしたのかもしれない。

だって殿下は、魔法で生成したものなら離れた場所にあっても消し去ってしまう能力がある。

それってつまり、殿下のご機嫌を損ねたらこの国の文明は滅ぶということだ。

この国では、家も道具も、未だ魔法で作られているものがほとんど。

親分の革命が成功して、王家を追いやることができたとしても、文明が滅んだ国で立て直しをはかるのは至難のわざ。

親分たちは、革命後のことも考えなくてはいけない。

私なら時機を見送る。しばらくは魔法に頼らない生活ができるように地盤を整えることに力を入れる。

グエンナーシス領のこともあって、国家の転覆を謀るには今がベストだとしても……先の見えない革命は、多くの人を不幸にするだけだ。

親分なら、そのことをわかってるはず。

遠い地にいるだろう親分のことを考えてから、改めてゲスリーに視線を向けた。

「そうでしたか。せっかく故郷に帰ってきたのですからゆっくりするのもよろしいですよね」

「泥水被って汚かったからね。目の届くところにおきたくなかった」

ゲスリーは何ともない顔でそう答えて思わず私は固まった。

そんな理由だったとは！

意外と気がきくなと思った数秒前の私を殴りたい。そもそも、その泥水は一体誰をかばってかけられたと思っておるのだろうか。

「汚れた部分があるのならば洗えば済む話だと思いますが」

「彼は美しく強く健康的で素晴らしい家畜だ。理想とも言っていい。だが、少しでも汚れた家畜は好みじゃない。一気に価値がなくなる」

涼しい顔で当然のようにそう言うゲスリーの顔をジロリと睨み上げた。

「そんなことぐらいで、カイン様の価値はなくなりません。それにカイン様は家畜なんて言われるような人じゃない。カイン様はもちろん他の非魔法使いだって、そんな風に言われないだけの価値があります」

私がそう言うと、ゲスリーがクッと可笑しそうに笑った。

「君が見出した価値などなんの意味もないよ。家畜の価値を決められるのは『人』だけだ。牧場の豚が隣の豚を見て価値があると思ったところで何にもなりはしない。そうだろう？」

「だから、非魔法使いは家畜ではないんです……！」

私は抗議の声を上げたがゲスリーさんは何か笑いのツボに入ったらしく、ただただ笑っている。ゲスリーの笑いのツボわからなすぎるし、腹立つ！

しかしここで反論したら延々とゲスリー節を聞かされるという無限ゲス地獄に陥るかもしれない。

大人しく口を閉ざして忌々しい気分でいると、一通り笑ったゲスリーが落ち着いたところでついと私に視線を向けた。

「どうしてそんなにムキになる。家畜と呼ばれるのが嫌なのか」

突然何を言い出すかと思えば。

嫌に決まっとろうが。

「当然です」

「そうか。……それほど大事か」

そう言ったゲスリーがさっきまでは、ずっと可笑しそうにしてたというのにいきなり真面目な顔になった。

というかちょっと怒ってるような気さえする。

「ヒヨコちゃんと話してると、たまにすごく腹立たしい気持ちになることがあるよ」

真面目な顔して何を言うかと思えば……！

さっきまで笑ってたくせに何言ってんの!?　情緒不安定なの!?

というか腹立たしいのは私の方ですけど!?

「一緒ですね！　私も前からそう思ってました」

私も負けじとそう言ってゲスリーを見た。

すると何故かゲスリーが顔を近づけて、私の頬に手を添えた。

そしてどこかで見たことある動きをしてきたので私は必死に素早く顔を背けた。

あ、あぶな！　キス！　これはキスされる時のムーブ！

どうにか避けられたけども！

「どうして避ける？」

背けた顔の近くで不思議そうな顔でこちらを見るゲスリー。

そんなん避けるわ！

もう唇をむやみに奪わせないと決めてるし、なんでこのタイミング!?

さっき腹立たしいとか言ってたよね!?　頭大丈夫なの!?

「ど、どうしてって、私とこんなことする気ないって言ったのは殿下ですよね!?」

私がそう言って、ゲスリーの胸を押し返すとゲスリーはあっさりと引き下がった。

「そんなこと言ったかな」

「言いましたよ……！」

王宮に越してきたその日に堂々と言われたよ！

私の必死の訴えを見て、ゲスリーは肩を竦(すく)めて立ち上がった。

「……きっとその時はそういう気分だったのだろう」

ゲスリーはそれだけ言うと、何事もなかったかのように部屋から出ていった。

あ、あいつ……。

マジで何をしにきたんだ……。

ゲスリーが出ていった扉を見ながらしばらく彼が何をしたかったのかを必死でゲスゲスと考えることになった。

次の日からのゲスリーは、拍子抜けするぐらいいつも通り。

あのゲス、私をゲスゲスさせといて通常通りとは……。

忌々しい気分になることもあったけれど、とりあえずレインフォレスト領での生活が始まった。

他の領地でも行ったように、領内の設備や、先の国策で広がった新農法での農耕状況を見たり、それについての意見や声がけみたいなことをしたりでなかなか忙しい。

レインフォレスト領は、他の領地と比べて広めだからなおさらだ。

一通りの見回りの予定が終わったのは、到着してから二週間ほど。

なかなかにハードなスケジュールだったけれども、明日は一日中お休みできそうだと部屋でゆっくりしていると、珍しくアランから呼び出しを受けた。

えらく真剣な表情だったので誘いに乗ると、泊まっている宿の屋上に連れていってくれた。

屋上に着くと、気持ちのいい風が頬をくすぐる。暮れ始めのオレンジの西日が、少し眩しくて目をすがめた。

そして屋上の端まで行って、あたりを見下ろすと、独特な石造りの街並みが目に映る。

なかなかの高さからの眺めなので景色は最高だ。

そういえば、ガリガリ村から初めてレインフォレスト領に来た時、あまりにも生活水準が違う感じで驚いたっけ。

ガリガリ村の家は藁とか土くれでできてたもんなぁ。

「急に呼び出して悪い。少し、話しておきたいことがあったんだ」

後ろからアランの声がかかった。

私は風で少し乱れた髪を押さえつつ振り返ると、やっぱり真剣な表情のアランがいた。

「実は、明日は実家に戻ろうと思ってる。俺がいない間の護衛が薄くなるが、明日はもともと外に出かける予定もないし、最近は側に殿下もいてくださる上に剣聖の騎士団の動きも落ち着いている。問題ないと思っているが、いいか？」

なんと、どうやらアランもこの機会に実家に寄るらしい。でも、突然なんでだろう。

「それはもちろん、構いませんけど……何をしにご実家に戻るのですか？」

「いや、大したことじゃない。母上に改めて、領主になる決意が固まったと伝えるだけだ」

アランがなんでもないようにそう言ったけれど、私は驚きで少しばかり目を見開いた。

いや、だってそれは結構大したことなのでは？　以前は領主を継ぐことを渋っていたし……アランには別の夢があったはず。

「それはその、商会専属魔法使いになる夢は諦めたということですか……？」

私がそう尋ねるとアランは困ったように笑った。

「俺は別に商会専属魔法使いになりたかったわけじゃない」

「え!?　そうなんですか!?」

じゃあ、なんのために卒業後私の商会で働きたいって押しかけてきたんだろう……。

不思議そうな顔をしていた私がアランは面白かったみたいで、クスリと笑った。

「ただ、リョウの側にいたかっただけだから」

アランがそう言った時、風が強く吹いた。

ゴウと風の吹き付ける音が耳に響く。

髪が乱れるのも気にせず、私は呆然とアランを見た。

すると真剣な顔をしたアランがさらに口を開いた。

「俺は、リョウが好きだ」

「え……」

かすれたようなアランの声が一瞬遠くに感じた。

そして遅れてアランが言ったことを理解して、私も好きだと返そうとしたのに、口が動かなかった。

アランに好きだと言われたことは、今までもある。

その時私は私も好きだと返していた。

友達として、幼馴染みとして、私はアランが好きだったから。

だから、今日だっていつも通りのことだと思うのに、何故かいつも通りに振る舞えない。

頭が真っ白になって、目の前のアランから視線を逸らすことができなくて……だって、アランの顔が……すごく、辛そうだから。

「アラン……それって……」

と、口に出してその先が続かなかった。

確かめるのが怖いような気がした。

どうしようかと、思わず頬に手を当て、思ったよりも自分の顔が熱くてびっくりした。きっと今私、顔真っ赤だ。

「できれば、これから先もずっとリョウの側にいたかった。でも、リョウにはヘンリー殿下がいてくれる。殿下は……嫌な部分も気に食わない部分もあるけど、何にかえてもリョウを守ってくれる。それぐらいの力はある人だから。俺は、領主として二人を、二人が築く国を支えたいと思う」

「それで、領主になる決意を……？」

「シャルロットが言ってただろ？　リョウが治める国を支えられたら幸せだって。俺も、それもいいかもしれないと思えた。リョウが王妃となって治める国を、俺も領主として支えることができたら、それはそれで幸せだろうって」

そう言って笑うアランには陰があって、私はちくりと胸が痛くなった。

「アラン……。でも、シャルちゃんにも言いましたけれど私は多分王妃にはなれません。期間限定の婚姻で……」

「いや、殿下はリョウを絶対に手放さない」

その断定する口調に、なんでと言えなくなった。アランがそう言うのだからそうなのだろうと、そう思える力があって……。

「リョウ、俺は多分、これからもずっとリョウのことが好きだと思う。今までみたいに側にはいられなくとも、遠い地でリョウの幸せを祈ってるから」

アランにそう言われて、私はなんて答えればいいのかわからなくて、しばらく真剣な表情のアランの顔を呆然と見ることしかできなかった。

その日の夜、アランは宣言通りレインフォレスト伯爵家の邸に帰って、私は悶々とした気持ちで一夜を明かした。

寝れば落ち着くかと思って必死に寝たのに、朝起きたらやっぱり昨日のアランの言葉の意味を考えてしまう。

いや、だって、突然、あんな……。好きってどういう好きなんだろう……。

「今日は上の空だね、ヒヨコちゃん。何か気になることでもあるのかな？」

ゲスリーの声が聞こえてハッと顔を上げた。

ああ、そうだ、今はゲスリーと一緒に朝食をとっていたんだ。

胡散臭い笑みを浮かべるゲスリーを見て、現実を思い出した。

アランの気持ちを確かめたとして何になる。アランの気持ちを知ったとしても……私は、もうゲスリーと婚約している。

「いいえ、特に、何も。その、天気が悪くなりそうだなと思いまして」

そう言って私は目線を窓の外に向ける。

空は今にも雨が降りだしそうな曇天だった。

「天気が悪いと困ることでも？」

「なんとなく。気持ちの問題です。外に出にくいですし」

「本当にそれだけ？　君は、さっき、天気のことなんて考えてなかっただろ。別のことを考えてた。レインフォレスト領の屋敷に帰った彼のこととか」

ゲスリーのその言葉に驚きすぎて思わず私は目を見開いた。

な、な、な、なんで私がアランのこと考えてたってバレてるの⁉

え、声に出してた⁉　それとも顔に出てた⁉

驚いて固まった私にゲスリーはフッと軽く笑うと、まっすぐ私を見た。

「レインフォレスト邸に行きたいか？」

「べ、別にそういうわけでは……」

私は視線を逸らしてからそうもごもご答える。

べ、別に行きたいってわけではない。そのうち戻ってくるわけだし。というか戻ってきてからどんな態度でいればいいのか迷ってるぐらいだし……。

「……面白くないな」

気まずい思いでいる私の耳に、そう冷たい氷のような声が聞こえて、私は顔を上げた。

そして彼の顔を見て思わず固まった。

だって……。

「何で……そんな顔をしてるんですか？」

思わず尋ねた質問にゲスリーが首を傾げる。

「どんな顔かな？」

「どんなって……怒ってますよね？」

「怒る？　一体なにに？」

いや知らないよ。わからないから聞いてるんだけども。

なんでいきなりそんな……。

私がアランのことを考えてたから？　でもそれで怒るって、もしかしてだけど……。

「まさかと思いますが、殿下は嫉妬していらっしゃるのですか？」

恐る恐るそう言うと、ゲスリーの目が見開いた。

「嫉妬……？　私が？　誰に、なんのために……」

という呟きは力がなくて迷いがある。

めちゃくちゃ戸惑っているように見えるゲスリーを見て、私もなんか戸惑ってきた。

え？　どういうこと？　本当に嫉妬してるの？

自分でさっき言ってはみたものの、冗談みたいな気持ちも強かったのだけども？

だって、私たちって、別に嫉妬するような関係じゃないよね……？

私がゲスリーの様子を窺っていると、先ほどまで眉間に皺を刻んで戸惑っていたゲスリーの顔が綻んだ。いつもの胡散臭い笑みを浮かべ始めたのだ。

そして……。

「午後は雨が降り出しそうだ。その前に少し、散歩をしようか」

何事もなかったかのようにそう言った。マジでゲスリーの考えてることってよくわからない。


そうして私とゲスリーは外に繰り出した。

外とは言っても、私たちが泊まっている宿の敷地内にある庭みたいなところだけども。

高級お宿だけあって、内装だけでなく外の庭園も綺麗に整えられていて、赤に黄色に紫に、様々な花が咲き誇っている。

念のため護衛として、アズールさんを連れてこようとしたけれど、ゲスリーが自分の護衛だけで事足りると言って断ったので、私とゲスリー、そしてゲスリーの護衛が二人という四人パーティー。

まあ、宿からすぐ近くのところなので、確かにそんな大層な護衛は必要ない。

というかさ、庭の散歩に誘うのはいいんだけど、ゲスリーの歩調早すぎない？　ずっと無言だし。なんなんだこいつ。

言っとくけど、足腰を結構鍛えてる私だからついていってるけれども、普通のご令嬢だったらこんなに歩かされたら疲れて怒って帰るところだからね。

とか思っているとゲスリーが突然立ち止まった。

「君はさっき、私が嫉妬をしているのではないかと言ったけれど、私はこれが嫉妬なのかどうかがわからないんだ」

振り返って私の方を見たゲスリーが突然そう言った。

なんで今更その話を蒸し返してきたんだ。

「すみません、殿下。私もあの時、冗談のつもりで言っただけですので、お気になさらず」

「そうは言っても、気になる。嫉妬かどうか。そして一体何に、誰に嫉妬してるのか。……それで私は、確認する方法を思いついた」

いつもの胡散臭い笑みを浮かべてゲスリーが言うものだから、私は何が言いたいんだと首をひねったところで……。

「……⁉　ん！　んん！」

何者かに口元を押さえられた！　ていうか、口だけじゃない！

誰かに後ろから羽交い締めにされてる！

私は混乱しつつも目線だけであたりを見て、私の口元を布で覆う人の腕を見て、ゲスリーの護衛の人だということに気づいた。

改めて目を前に向ければゲスリーが、私がこんなことになっているというのに先ほどと変わらぬ笑顔を向けている。

「彼を消したら、これがなんの気持ちなのかわかるんじゃないかと思ったんだ。だからヒヨコちゃんは大人しく待っていてくれないかな」

私が乙女にあるまじき必死の力で二人の男から解放されんがためにジタバタ動いてる目の前で、余裕の笑みを浮かべてゲスリーがそう言った。

こいつ、一体、何言ってんの⁉　しかも、消すって……‼　本気、本気で⁉

彼って……先ほどのゲスリーとの会話を思い起こしてアランの顔がよぎった。

アランを殺すってこと？

だめ、だめだから、そんなの、そんなの、許さないから！

私の身のこなしを甘く見ていた護衛の二人からどうにか身をよじって抜け出すと、ゲスリーに突撃する勢いで彼の襟を掴みあげた。

そして、変なことするのはやめろ！　って言おうと口を開きかけたところで、鼻にアルコールの匂いを感じた。続けて妙に甘い匂いを嗅いでしまった。

これは……このニオイの元の正体に想いを巡らせたところで、一瞬で視界がぼやけた。

力が入らなくて、掴んだはずのゲスリーの襟元が手からすり抜けてゆく。

膝にも力が入らなくて、立っていられない。

これは、麻酔にも使えるほど強力な睡眠薬の原液そのもの。

匂いを嗅いだだけでも、気を失わせることができる。

「この、ゲス……」

私はぼやける視界の中、どうにかそれだけの悪態をついてみたけれど、結局抵抗できなくて、私はゲスリーにすがりつくようにして気を失ってしまった。


あれ、なんで私、こんなところで寝てるんだろう。

目覚めてみたら、まったく知らない天井が目に入る。

確か今はグエンナーシス領に行くために色々なところに行っていて今はレインフォレスト領で……。

……そうだ！　アラン！

ゲスリーがアランを消すとかなんとか意味わかんないこと言ってたんだ！

気持ち的には飛び起きたいぐらいだったけれど、いざ起きようと思ったら何故か身体が動かない。

目は開けられたけれど、腕や足を動かせそうにないのだ。

そういえば、眠らされる前に濃度の高い睡眠薬を嗅がされた。まだ体に毒が残ってるんだ。

どうにか目だけをキョロキョロ動かしてみると、意外と綺麗な部屋のベッドで寝かされているのがわかった。

部屋を照らすのはサイドテーブルに置かれたランプのみで、窓はなく薄暗い。

そして……と、視線を他に移した時、思わず固まった。

だって、なんか、檻みたいなのがある。

檻っていうか、この部屋の扉らしきものが、鉄の棒を格子状にしたようなものになっていて……あれ、もしかして私、この部屋に閉じ込められてる？

檻っぽい扉には、鎖がぐるぐる巻きにしてあり、大きな錠もついている。

それに格子の隙間から見る限り、見張りが立っている。

なるほど、私、この部屋に閉じ込められてるようだ。

意識を失う前にゲスリーに嗅がされた睡眠薬で未だに腕や足は動ける気がしないけど、口なら……。

「ぁ……ぁ……」

どうにかかろうじて声は出た。

とはいえ大声は無理そうだけど、声が発せられるならこっちのもんだ。

私は声が出てるのか出てないのかわからないぐらいの小声で呪文を唱えた。

「オモイワビ　サテモイノチハ　アルモノヲ　ウキニタエヌハ　ナミダナリケリ」

安心の解毒魔法だ。

体が光り始めたと思うと、喉のあたりに違和感を覚えて……。

「ゲホ、ゲホ、ごほ……」

思わずむせた。

口から少量の血を吐き終わると、体はスッカリ楽になった。

楽になったぜ、と思って体を起こして腕で口元を拭う。

吐血するのは、解毒魔法を使うといつもこうなので仕方ない。血とともに悪いものを出してるのだと思う。

「リョウ様、お目覚めですか？」

檻の扉の向こうから心配そうな声が聞こえてきた。

声のした方を見れば扉の前で見張りのようなことをしていた人だ。確かゲスリーの近衛騎士。

「これは、どういうことですか？」

私がそう言うと騎士は恐縮した様子で身を縮ませると頭を下げた。

「申し訳ございません。しかしこれもリョウ様のためを思った殿下のお考えなのです！　殿下は急用があるとおっしゃってどこかに出かけられてしまいまして……。そうなるとリョウ様の身が心配だからと安全なこの部屋にいるようにとの仰せでした」

え？　な、何言ってんの？

こんな檻っぽいところに閉じ込めてくれて、私のためとかよく言うわ！

この騎士、ゲスリーのついた嘘にまんまと騙されてる。

ゲスリーが私をここに閉じ込めたのは、私が追ってこないようにするためだ。

安全のためなんかじゃない。

「ヘンリー殿下は、どこへ？」

「えっと……殿下は、行き先は告げられなかったので存じません」

……え？　本気で言ってるの、それ？

守るべき主人がどっかに行ってるっていうのに、把握してないってこと……？

私が責めるような目をしたことに気づいたのか騎士は慌てたように口を開いた。

「殿下は魔法使い様です。本来なら守りなど必要ないお方なのです！」

清々しいまでまっすぐにそう言い切った騎士に目を見張った。

この人たちは本当に……ただのお飾りじゃないか。

「……殿下が出かけられてから何刻ほどたっているのですか？」

苦々しい気持ちを抑えてそう言うと、騎士は二刻ほどだと教えてくれた。

ゲスリーの話しぶりから察するに、向かったのはレインフォレスト伯爵邸だ。

ここが宿の近辺なら伯爵邸まで馬でだいたい四刻かかる。まだゲスリーはたどり着いてないはず。私が馬を使って全力で追いかければギリギリ追いつけるかもしれない。

ゲスリーはあの時はっきりと「消す」という単語を言った。

ゲスリーのことだから冗談かもしれないけれど、ゲスリーのことだからこそ本気の可能性もある。

止めなきゃ。まだ間に合う。

「ここから出してもらえますか？　それと、馬と外套の用意を……」

と言って、私はベッドから立ち上がる。

服装は、ゲスリーに眠らせられる前と同じ。ベッドの下にその時履いていた革靴を見つけた。

「そ、それはできません！　殿下からリョウ様はここにいるようにとのお達しです。リョウ様はここで守られていてください！」

見張りがそう必死に言ってきたけれど、私は無視して革靴を履く。

出してくれないなら、自分で出るしかない。

靴を履いてしっかりと紐で固定すると、靴底の仕掛けをいじって、厚底に収納していたマッチ箱を取り出した。

そしてマッチ箱を手に扉の前まで来ると、扉に巻かれた鎖にかかった錠前を手に取り、ガチャガチャと鎖をずらして自分の方に向かせた。

「だ、ダメですよ！　開けられません。鍵は僕も持っていないので開けられないんです！」

「鍵と貴方には期待してないので、問題ありません」

それだけ言うと、私はマッチの火薬の部分を錠の鍵穴の中に擦り落とすようにして粉を入れる。

さっきから泣きそうな声で見張りがうるさいけれど、無視して作業を続けると鍵穴いっぱいにマッチの粉を溜められたので、今度はベッドの方に戻る。

ベッドのシーツを盛大に破いて、布切れを作るとランプのオイルに浸した。

そして再び靴の仕掛けをいじって、もう片方の靴底に隠していた小さな隠しナイフを取り出す。

武器の類いは基本持ってないのだけど、これぐらいはいいよねってことで隠し持っていてよかった。

やっぱりこういうものは備えていて憂いなし！

隠しナイフの先端に先ほどのオイルに浸した布をぐるぐる巻いて装着した。

よし、準備は万全だ。

「護衛の方、そこちょっと危ないんで下がった方がいいですよ」

「ええ⁉　何を、何をするつもりなんですか⁉」

「いいから離れないと、本当に怪我しますよ」

私がそう言ってギロリと睨むと、ビビりな見張りはヒッと言って後ろに下がってくれた。

私は、よしとばかりにナイフの先端にランプの火をつけると、素早く錠に向けてナイフを飛ばした。

そして、急いで頭を守るためにベッドの布団で体をくるむ。

ついで、ドンだかバンだかの盛大な爆発音が響いた。

そしてぎゃーという見張りの人の情けない声も……。

思えばあの人もゲスリーに言われて私を守るつもりだっただけな騎士。災難だったねと思ってから、布団から顔を出した。

火薬の匂いがあたりに充満してる。

そして、予想通り錠が砕けた。

この国で浸透してるマッチの芯の部分についている薬剤は、ほとんど火薬みたいなものだ。詰め込んで燃やせばそれなりの爆弾になり得る。

私はほとんど原形をとどめていない錠の残りの破片を鎖から落として、扉を固定するた

めにぐるぐる巻かれている鎖を外していく。

最後の鎖が解かれて、じゃらんと床に落ちた。檻の扉を開いて外に出ると、廊下の端っこで先ほどの見張りが床に倒れていた。

見た感じ外傷はなさそうなのでびっくりして気絶しただけっぽい。

「それにしても、ここどこなんだろう。あんな大きな音を出したのに人が来ないということは、他に人がいないのかな」

私はそう呟いたけれど、結局答えはわからないのでランプの明かりを頼りにとりあえず廊下の方へ歩き出すことにした。

転章Ⅲ　シャルロットと腐死精霊魔法

かすかに聞こえた雨音に誘われるようにして窓の方に視線を移すと、細かい雨が降っているのが見えた。

「雨が……」

誰にともなく呟いて、暇つぶしに読んでいたカストール王国の滅亡の物語の書物を閉じるとテーブルに置いた。

「リョウ様はそろそろ戻ってくる頃かしら……」

リョウ様は雨が降る前に殿下と中庭を散歩すると言って、少し前に外に出ている。

「近くの中庭を見に行かれただけなので、そろそろ戻られてもおかしくないですね」

私の独り言に答えが返ってきて、ビックリして声のある方を向いた。

そこには、無表情で佇むアンソニー先生がいた。

ああ、そうだった。先生が側にいたのだった。

気配を感じなかったというか、今やもう、先生は私にとって……ある意味特別な存在なので、気にならなかった。

「やっぱりリョウ様のお側にいられないと、不安になります。せめて先生だけでも側につかせられたら良かったのだけれど……」

リョウ様の側にいたいと言っていたのだけど、殿下にやんわりと断られてしまった。

近くを散歩するだけだからと。

でも、やっぱり命を狙われているリョウ様から目を離すのは少し怖い。

今はアラン様もカインさんもいらっしゃらないし……。

「私だけリョウ様のお側に行っても、あまり使い物にはならないでしょう。私は、シャルロット様と離れると動きが鈍くなりますので」

先生がそう返してきたので目を見開いた。

「そうなの？」

「はい。思考も動きも単純なものしかできなくなります。戦闘などは難しいかと」

アンソニー先生の言葉は明確だった。言われてみると、そういう感覚は私もする。

離れていると、私と彼らを繋ぐ糸が薄く弱くなるような感じがするのだ。

「そういえば、あの時、先生のお仲間の方にも魔法を使ったけれど、ボーっとしてるだけで、言葉も不明瞭だったけれど、あれは……どうして？」

私を殺そうとしたあの男にも魔法をかけた時、私はすぐ側にいた。

けれど、あの男はぼーっとしてる感じで、命令すればそれ通りに動こうとするけれど、ものすごく反応が鈍かった。

剣聖の騎士団のことを聞き出そうとして質問をしたものの、ほとんどの回答が不明瞭なもので、うまく聞き出せなかったのだ。

だからあの男は、そのまま魔法を解除して眠らせた。死体に戻したのだ。

「おそらくそれは、あの男が生前貴方とほぼ接点がなかったからでしょう」

「接点……？」

「ご存じの通り、私の記憶もひどく不鮮明です。剣聖の騎士団に関する情報もほとんど抜け落ちています。私に残っているアンソニーだった頃の記憶を探ると、必ず貴方の姿があります。貴方と関わりのある記憶だけが鮮明に残っていて、それでかろうじて個体の自我を確立しているのだと思います」

「それってつまり、私と生前関わりの深い人ほど、先生のように、その、生前の人間と同じようなふりをしながらいられるということ……？」

「おそらく。とはいえ私でもシャルロット様と離れますと、意識が曖昧になります。死人を操る魔法の効果が薄くなるのでしょう」

死人を操る魔法の効果……。

ある程度、自分の力のおぞましさについて受け入れたつもりだったけれど、改めて具体的にそう言われると気持ちが重くなった。

アンソニー先生はもう、いない。死んでしまった。

それを私が今、無理やり体だけ動かしている。

リョウ様が悲しまないために、覚悟を決めてそうした。

後悔はしてないし、同じことが起こったら私はきっと同じことをすると思う。

ただ、このことをリョウ様に知られてしまうことが……こんなおぞましい力を振るったと知られて侮蔑されるかもしれないことが、なにより怖い。

視線を下げると、先ほどまで読んでいたカスタール王国の書物が目に入った。

書の内容のほとんどが、腐肉と腐臭の魔女王と呼ばれ、国中の人から嫌われているカスタール王国の最後の女王のことだ。

忌まわしい腐死精霊使いの女王。最後の大戦で、敵味方関係なく人を殺め、死したものを操り続けた魔女王。

彼女が通った場所は、その汚らわしい力に侵されて人が踏み入れることができない地になった。その汚らわしい場所から魔物が生まれるため、賢者たちはそこに結界を張り魔女王ごと封じ込めた。

思わず皮肉げな笑みが顔に浮かぶ。

「魔女王には、嫌われたらいやだと思うような大切な人はいなかったのかな……」

惜しげもなくその忌まわしい力を振るう魔女王のこと思った。

王国中に忌み嫌われている存在。

最後の大戦から数百年たった今でも、腐死精霊使いは魔女王と同じ属性の魔法使いだからというだけで差別されている。

リョウ様はそんな私たちに、嫌われるだけの力じゃないと、おぞましい力だけじゃないと教えてくれた。

私はそれがとても嬉しくて……。

でも、この力は人々が嫌っても当然の力だと、今なら思う。

おそらく結界の中に封じ込められた魔物は、魔女王の腐死精霊使いの力で作られたものだ。

魔物が継ぎはぎなのは、形の残った残骸が魔法の力で無理やりくっついて動いているから。問答無用で人を襲うのは、魔女王が最初にそう命令を下したからだと今ならわかる。

魔物たちは、ただただ人を襲えと命令された死体の継ぎはぎなのだ。

そんな予感はしてた。以前魔物を腐らせて倒した時に、魔物は生きものじゃないんだとわかったから。

扉の外から慌ただしい足音が聞こえたと思ったら、すぐにノック音が聞こえてきた。

どうぞと言うと、クリス君が部屋に入ってくる。

その顔は青白く、私と先生に視線を走らせそれから部屋をぐるりと見て落胆したように肩を下げた。

「やっぱり、ここにもリョウ嬢いないんだね」

クリス君の疲れ果てたような呟き(つぶや)に私は思わず椅子から立ち上がる。

「どういう意味ですか？　リョウ様に何かあったのですか⁉」

「殿下と中庭に散歩に出られてからまだ戻ってきてなくて、探してるんだけどどこにもいないんだ。殿下もリョウ嬢も」

「そんな……！」

私は駆け出して、クリス君を押しのけるようにして部屋から飛び出した。

探さないと！　リョウ様、どうか、ご無事でいて……！

私、もし、リョウ様がいなくなったら、きっと……きっと……。

腐肉と腐臭の魔女王の最期が脳裏によぎる。

……私はきっと、人ではいられなくなってしまう。

第五十三章　ヘンリーの暴走編　王家が秘匿する魔法の真実

私が閉じ込められていた場所は、地下だったらしい。それにそれほど広くもなかったので、すぐに地上に続く階段を見つけて上に出られた。

地上に出ると湿った土の匂いと雨音がした。

雨が降りそうだと心配していたけれど、案の定雨が降り始めていたようだ。

あたりを見渡すと見たことがあるような街並みで、多分私たちが泊まっていた宿からそう遠くない場所。

一度宿の方に戻ろうか……。

でも、今この場にいないゲスリーがこれから何をしでかすつもりなのか、わからないから怖い。おそらく彼は、レインフォレスト伯爵邸に向かったと思うけど……。

私は結局街で外套と馬を買って、まっすぐレインフォレスト伯爵邸に行くことにした。

雨のせいでいつもよりも体力を奪われるし、視界も悪い。

けれど、それはゲスリーだって同じはず。

もしかしたら途中で雨宿りしてくれているかもしれない。

ゲスリーは乗馬を嗜んではいたけれど、親分仕込みの私には及ばない、はず。

私がこのまま全力で追いかければ、追いつける。

私は外套で雨をしのぎ、手綱が滑って落ちないようにしっかり持ち、超特急でお馬さんを走らせて突き進む。

しばらく進むとありがたいことに途中で雨が止んだ。さらに馬を走らせる速度を上げる。

帰りのことをかなぐり捨てて全力全開で進み、私がレインフォレスト伯爵邸に着いたのは、出発してから二刻ほどだった。

いつ見ても懐かしいと感じるレインフォレスト邸を前にして、私は飛び降りるようにして馬から下りて玄関に駆け込む。

扉のベルをチリンチリンと鳴らすと、メイド長のステラさんが扉を開けてくれた。

「リ、リョウ様……⁉　一体、そのような格好でどうされたのです？」

ずぶ濡れ雑巾でやってきた私を見て、驚いたような声を上げる。こんなにボロボロなのに私だと気づいてくれたことが嬉しかったけれど、今はそれどころじゃない。

「アランは……⁉　アランは無事ですか⁉　殿下はまだ来てませんよね⁉」

「アラン様……？」

「アランは大丈夫なんですよね⁉」

私が戸惑うメイド長にそう必死に訴えると、

「リョウ!?　どうしたんだ!?」

と、耳馴染みのある声が聞こえてきて、私はメイド長の後方に視線を向けた。

戸惑うように翡翠（ひすい）色の瞳を揺らすアランが玄関前の階段から降りてきた。

アラン……！　アランだ……！

怪我（けが）も何もしてなさそうなアランを見て心底安心した私は思わず駆け寄った。

「アラン、よかった……！」

私はそう言ってアランに体当たりするような勢いで抱きつく。

良かった！　アランだ！　アラン、生きてる！

アランを抱きしめてその無事を確認したら、やっと気持ちが落ち着いてきた。

気づけば、アランがちょっと硬直した感じで背筋を伸ばし、自分の腕をどうするべきかと迷うように彷徨（さまよ）わせている。

戸惑うアランを見て、私はハッとして慌てて離れた。

そういえば私、びしょ濡れの汚い外套（がいとう）を羽織ったままだ。

「すみません、こんな格好で……！」

アランは、白いシャツにチャコールのベストとズボンを合わせていて、いかにも貴族な品のいい服装だ。

そんなアランに飛びついたことで、せっかくの仕立ての良い服に汚れがついてしまったような気がする。いや確実に汚れてる！

慌てて外套を脱ごうとしたところで、アランが私の肩に手を置いた。

「いや、違うんだ。服を気にしてたわけじゃなくて……えっと、それより、リョウはなんでここにいるんだ？　何かあったのか？」

アランがそう言ってくれて当初の目的を思い出した。アランは無事だったけれど、もしかしたらゲスリーとかいうやつがこれから来るかもしれない。

警戒はしてもらわないと。

「ヘンリー殿下に気をつけてほしいんです。ここにやってきても、相手にしないでほしいというか……」

「え？　ヘンリー殿下？　それなら、先ほどまで屋敷にいらしてた」

「……え？」

必死にゲスリーに気をつけろと伝えようとしたところで、思ってもみないアランの言葉に目を見開いた。

「殿下、いらしたのですか？」

「あ、ああ。それで今さっき、カイン兄様と二人で出ていったが……」

「カイン様と……」

すーっと血の気の失せる音が聞こえたような気がした。

……私、勘違いしていた。

ゲスリーが言っていたのは、アランじゃなかったんだ。

ゲスリーの狙いは……。

でも、そんな、まさか。だって、カイン様はゲスリーのお気に入りだ。

でも……！

「アラン！　カイン様たちはどこに行ったのですか⁉」

「え、えっと、多分、近くの湖の方だ。そこまで遠乗りするというようなことを言っていた」

私はアランの言葉を聞くや否や踵（きびす）を返した。

湖までそう遠くない。もう一踏ん張りお馬さんに頑張ってもらえばすぐ。すぐだ。

「おい、リョウ！」

後ろでアランが呼び止める声が聞こえる。

「すみません、アラン、私、行かなくちゃ！」

そう答えつつ、馬の手綱を引き寄せ、飛び乗った。

「待て、俺も行く。……スミス、馬を！」

アランはそう言って、厩舎の方にいた使用人に声をかけた。

ちょうど、近くで馬を引いていたスミスさんが「は、はい！」と言って馬を連れてきてくれるとアランがその馬に飛び乗る。

「一体何がなんだかわからないけど、リョウがそんなに必死になってるってことは、やばいってことだろ!?」

そうあたりまえのように言ってくれたアランの言葉が嬉しい。一緒に来てくれるのも心強いし。

「ありがとう、アラン」

私はそう返して、馬を蹴った。

一刻も早く湖の方へ……!

……カイン様は、ゲスリーのお気に入りだ。

だから、私が想像しているようなことにはならないとは、思う。

思うけれど、何故か嫌な予感がする。

馬を全力で走らせて、湖が見えてきた。周りの木々が邪魔で周辺の様子は見えないけれど、この森を抜けたらきっと二人の姿が見えるはず。

逸る気持ちで馬を走らせて、とうとう森を抜けた。

馬の歩みを止めて、急いであたりを見渡すと、左側の少し離れた場所で木に繋がれた馬が草を食んでいるのが見えた。

これは、ゲスリーとカイン様の馬だ。

そしてさらに視線を奥に向けると……。

「殿下、カイン様……！」

二人の姿を見つけて慌てて馬を走らせた。

だって、何故かカイン様もゲスリーも剣を持って、向き合ってるんだもん！

慌てて馬を駆る私に気づいた二人がこちらに顔を向ける。

私はさらに声を張り上げた。

「殿下に、カイン様！　こんなところで、何を……！」

慌ててる私とは反対に、二人は落ち着いてるように見える。ゆっくりと二人とも剣を下ろした。

カイン様に至っては、私が来たことが相当な驚きだったらしく目を見開いて、ちょっと不思議そうな顔をしてる。

私は馬から下りて二人に駆け寄った。

「剣なんか持って、な、何をするつもりなんですか！」

ゼエゼエ息をしながら、私がかばうようにカイン様の前に出ると、私にキッと睨（にら）まれたゲスリーがにっこり笑った。

「何って、剣の稽古をつけてもらっていただけだが」

「剣なんか持ち出してこんなの言い逃れ……ん？　稽古？」

え、いま稽古って言った？

少々落ち着いてきた私は、改めて二人が持っている得物を見る。

木剣だった。これは間違いなく、稽古とかに使うやつ。

「ゲス……ヘンリー殿下は、剣術も嗜んでいらっしゃるのですか？」

「まあ、多少はね」

マジか……。

なんでそんな……魔法使いなのにアンタ……。

私は恐る恐るカイン様の方を見た。

ちょっと困ったような笑みを浮かべるカイン様。

「たまに、殿下の剣術のお相手を務めることがあるんだ」

え、何これ、じゃあ、私の勘違い……？

なんか、相当めちゃくちゃ焦ってここまでやってきた私の苦労は一体……。

いや、でも、だって！　そもそもゲスリーが私を閉じ込めたのがおかしいじゃないか！

不穏な発言もするし！

私はなんかいたたまれない気持ちを隠すようにキッと再びゲスリーを睨み上げた。

「殿下は、カイン様に稽古をつけてもらいたくて、わざわざ私を閉じ込めて、わざわざこちらまで一人で馬を駆ってやって来たってことですか？」

私がそう言うと、ゲスリーはコテっと首を傾げた。

美少女がやればそりゃあもう可愛い仕草だが、ゲスリーなので全然可愛くない。

「別に、閉じ込めたつもりはない。私が不在の間、誰かがヒヨコちゃんを傷つけないように、安全な場所に置いただけだ」

そんなの信じられるかい！

「安全な場所って、あんな、あんな地下の薄暗いところって、安全な場所っていうか、ただの檻じゃないですか！」

「あの寝床は気に入らなかったか」

気に入らないに決まってるわ！

ええ!?　何この流れ！　私の早とちり!?

「それより、もっとこっちへおいで、ヒヨコちゃん」

と言われたかと思うとゲスリーが私の手をとって引っ張り、そのまま抱き込んできた。

なんなのいきなり！　そんな婚約者ムーブしたって私の怒りは治まらんぞ！

私は睨みつけるため顔を上げると、面白そうに私を見下ろして笑うヘンリーがいた。

「そう。私は、確かめるためにここに来た」

そうゲスリーが言うと、再び口を開く。

「キミガタメ　ハルノノニイデテ　ワカナツム　ワガコロモテニ　ユキハフリツツ」

え？　なんで、いきなり……呪文？

この呪文は確か……。

と考えていると、後ろから「グッ……ガハッ……」という、誰かが何かを吐き出すような音が聞こえてきた。

私は首をひねって音のした方を見ると、口から血を出し、苦痛に顔を歪めたカイン様がいた。

カイン様の腹の部分には深々と剣が刺さっていて、戸惑うようにカイン様が自分に刺さっている剣に手を添える。

そして大きく目を見開いて、剣を持っている人物……ゲスリーを見た。

「な……ぜ……殿、下……」

そう呟いて、力尽きたようにカイン様が膝から崩れる。

腹に刺さったゲスリーの剣が勢いよく引き抜かれて、弧を描くように血飛沫が舞う。

そしてカイン様は、そのまま横に倒れた。

「カ、カイン様……!!」

そう言って、あまりにも現実感のない一瞬に固まっていた私は、どうにか動き出した。

カイン様の方に駆け寄ろうとしたら、ゲスリーが私の腕を離さない。

頭に来てゲスリーを睨み上げると、「離して！」と言って空いている手でゲスリーの頬を打とうとした、けど、それはゲスリーに手を掴まれて止められた。

そして掴んだそのゲスリーの手は血で赤く染まっている。

この血は、カイン様の血……？

「な、なんで、こんなことをしたんですか⁉」

だって、だって、カイン様は、いつも、いつもゲスリーのことを案じていて……！

友人になれればいいと、ゲスリーの抱える闇ですら晴らそうとしていて……それなのに！

悔しさと悲しさと混乱で頭がおかしくなりそうで、目に涙が溜まってゆく。

「リョウ！」

そうアランの声がして、私は後ろに引っ張られた。

同時に何かが振り下ろされるような影が見えてゲスリーは私の手を離して後ろに下がる。その間に剣を構えたアランが入ってくれた。

「アラン……」

「リョウは、カイン兄様を見てくれ。まだ、助かるかもしれない……！」

アランから絞り出すような声が聞こえて、私は慌ててカイン様の方に駆け寄った。

苦しそうに呼吸する音が聞こえた。まだ弱いけれど呼吸がある。そして脈も……。でも、血を流しすぎている。顔が青白い。

救うためには……。

そう思って、生物魔法の呪文が頭に浮かぶ。

魔法さえ使えば、カイン様は助かる。

助かるんだ。

でも、ここで魔法を唱えれば、ゲスリーに、知られてしまう。

私は、顔を上げてゲスリーの方を見た。

アランが誘導してくれたのか、二人は私から少し離れたところにいた。

私とカイン様の周辺の土の形状が変形していて棘（とげ）のようになっているのは、アランが私たちとゲスリーの間に距離を取るためにやってくれたのだろう。

そしてアランとゲスリーは向かい合って睨（にら）み合うようにして距離を取っていて、アランは手元に剣を作り出そうとしているのに、剣は作った途端に崩れるというのを繰り返していた。

一方ゲスリーは剣を手に持ったまま。崩れたりはしない。

アランの顔はどんどん険しくなる一方、ゲスリーはずっと余裕の笑みだ。

よくわからないけれど、魔法使い独特の攻防戦をしてるのかもしれない。そしておそらくアランが不利なのだ。

ゲスリーが都合良く気を失ってくれる可能性にはかけられそうにない。

私はカイン様を見た。

苦しそうな息遣い。赤い染みが広がってゆく……。血を流しすぎてる。もう、一刻の猶予もない。

わかってる。ここでカイン様を失うわけにはいかない。きっと私はここで魔法を使わなければ一生後悔する。

だから、これから先、平穏な日々が得られなくなるとしても……私は。

覚悟を決めて、私は親指を噛んだ。

指先に自分の血がじんわりと滲み出たのを見て、それをカイン様の口の中に入れる。私の血を直接体内に取り入れた方が生物魔法の効きが早くなる。

「キミガタメ　オシカラザリシ　イノチサエ　ナガクモガナト　オモイケルカナ」

私の体から光が溢れる。そして不思議なその光は、カイン様を包んでいった。

生物魔法をかけ続けてしばらくすると、カイン様の怪我(けが)の深いところに集まっていた光のようなものが、消えた。

苦しそうだったカイン様の息が、穏やかなものに変わる。

私は詰めていた息を吐き出した。

よかった。これでカイン様は、大丈夫……。

そう思って顔を上げた時に、やっと気づいた。

近くに誰かが立っていることに。

その人は、いつもの胡散臭い笑みを消して、私を見下ろしていた。

奥に、アランが倒れているのが見えて目を見開く。

そして声がした。

「ああ、やっぱり、君は生物魔法を使えたのか」

私を見下ろしていたゲスリーがそう言った。

『生物魔法』と言った。

やっぱりゲスリーは生物魔法の存在を、知ってる……。

私がそう思った時、ゲスリーがゆらりと揺れるように動いて、私に覆いかぶさってきた。

「なっ、グ……！」

抗議の声を上げようとしたけれど、ゲスリーに喉を掴まれて声を出せなくなった。

馬乗りになったゲスリーが血走ったような目で私を見下ろしながら首を絞めている。

私は空いている腕や脚を動かしてバタバタと暴れてみたけれど、ゲスリーは怯まない。

苦しい。

声さえ出れば、魔法で、こんなの引きはがせるのに……。

このままだと、ゲスリーに絞め殺される……。

ぼんやりする意識の中で死というものを覚悟した。

でも、何故か私の喉にかかるゲスリーの手の力が徐々に弱まってきた。

私が目を開けると、何故かゲスリーは怯(おび)えているような顔をしていた。

「どうして……！　どうして、殺せない!!」

そう言ってゲスリーは、とうとう私の首から手を離し、自分の手を信じられないものを見るような目で見る。

ゲスリーの反応に戸惑いながら、私は急に入ってきた空気に思わずむせた。私はゲホゲホとむせながらも息を整え、どうにか上体を起こしてゲスリーを見上げる。

彼は顔を強張らせて、私を見下ろしていた。

その顔が、何故か辛そうで……。

「やはり君は私に、隷属魔法を使っていたのか……！」

ゲスリーが震える唇でそう言った。

怯えたようなゲスリーの顔色は悪く、瞳が動揺で揺れている。

彼のこんな顔、今まで見たことがなかった。こんな怯えた子供みたいな顔……。

いや、それよりも。

「隷属、魔法……？」

ゲスリーの放った隷属魔法という言葉が脳裏を巡る。隷属魔法って……。

その言葉に、私は色々なことを理解し始めていた。

何故生物魔法が恐れられているのか、王家が隠すのか、その性質を。

ゲスリーと見つめ合う形で思わず固まっていると、黒い影がかかった。

見ればゲスリーの後ろに、両手で石を持ったアランが立っていた。

そしてアランはその石をゲスリーの後頭部に向かって、振り下ろす。

ガン、と鈍い音がして、ついでゲスリーが私の膝の上のあたりに覆いかぶさるように倒れてきた。

倒れてきたゲスリーの後頭部から、血が流れている。

私は、短く息をしながら信じられない気持ちでアランを見上げた。

顔に切り傷などがついたアランが、荒い息遣いで立っている。

そして呆然とした顔で、倒れるゲスリーを見た。

アランと名を呼ぶと不安そうな顔で私を見て、そして視線を下げてから手に持っていた石を落として地面に転がした。

「お、俺……」

戸惑うようにそう言ったアランの声は震えていた。

きっと私も、今声を上げたらまともな声は出ないだろう。

でも……。

「だ、大丈夫……」

咄嗟にそう口にして、自分が先ほどしてしまったことに呆然としているような顔をしていたアランと目が合う。

……私のせいで彼に重荷を背負わせてしまった。辛い思いをさせてしまった。

このままゲスリーが死んだら、アランは王族殺しになってしまう。

それにアランのことだから、王族じゃなくても人を傷つけたこと自体を辛く思うかもしれない。

私の、せいで……。

「大丈夫、だから」

私がアランを人殺しになんてさせないから。

私がそう言うと、先ほどまで戸惑っていたアランの顔に疑問の色が浮かぶ。

私は、改めて倒れたゲスリーを見た。

そうだ。ゲスリーを死なせなければいい。アランのこともそうだけど、そもそもゲスリーがこのまま死んでしまったら……おそらく戦争になる。それは何としても避けたい。

「私に、任せて」

私はそう言って、自分の血がついた指で触れながら治癒の呪文を唱えると、ゲスリーの周りが光り出す。

生きているうちは、魔法が浸透してるのだろう。生物魔法は効く。

だからまだ間に合う。

魔法が効いている感覚に、少しだけホッとしてそして同時に先のことが不安になった。

おそらくゲスリーは助かる。

でも……そのあとはどうする？

ゲスリーに生物魔法が使えることがバレてしまった。

生物魔法が使えるとわかったゲスリーは、私をこのまま放置してはくれない。

「……それが、リョウが隠してたものか。カイン兄様も無事なんだな？」

出口の見えない思考に囚われていると、頭上でアランの声がした。

「うん……カイン様も無事。今は意識がないけど、しばらくしたら目を覚ますと思う」

そう言って地面に寝ているカイン様に視線を向ける。かすかに体が上下しているし、顔色も戻ってる。

「そうか。……だが、リョウ、殿下は、リョウのこの魔法を見て襲った。殿下の目が覚めたら、また何かしてくるかもしれない」

警戒するようにアランが言う。

わかってる。アランの言いたいこと。本当に彼を助けるのかって言いたいんだ。

でも……。

迷う私の目の前でアランが屈んだ。まっすぐ私の目を見る。

「俺のことはいい。覚悟してる」

先ほどまでは動揺してるように見えたアランは、今はもう落ち着いている。

アランの覚悟に私は少しだけ目を見開いた。

王族を傷つけることは、魔法使いだとしても許されない行為。

実際、以前、それなりの地位にいた魔法使いが、ゲスリーの手を少し切りつけてしまっただけで幽閉された。

傷つけるだけでなく、殺してしまったとなれば……おそらくアランに命はない。

アランの先ほどの言葉は、自分の死を覚悟してると、そう言ったのだ。

「やめて。アランが、責任を取る必要なんてない」

「だけど、こいつが生きてたら、またリョウを……」

「私のことはいい！　それに、どちらにしろ、今ここで殿下に死なれたら……戦争が起きるかもしれない。私、それだけは嫌だ」

今、この国は危ういバランスの上でなんとか保っている。色々な思惑と勢力が存在して、この国は思ったよりもギリギリなのだ。

私は別にこの国が好きってわけじゃない。でも、これから変わろうとしていて、きっと変わることができる。戦争になったら、今までの私の苦労、それにこの国のために動いていた人たちの努力が水の泡になる。

それに……。

私は、膝に置いていた拳を強く握り直した。

「それに、もしかしたら、私の魔法で何事もなかったようにすることが……できるかもしれない。殿下は、私の魔法を見て『隷属魔法』っていう単語を使ったの。多分、その魔法さえ使えれば……」

ヘンリーを意のままに操れるかもしれない、という言葉は口に出せなかった。

『隷属』魔法というのが言葉の通りのものなら、私はこの状況を何事もなかったかのように丸く収められるかもしれないのだ。

でもそれは、あまりにも非人道的で、身勝手なもので……。

我ながらひどいことをしようとしていると思う。

考えるだけでおぞましくて吐きそうだった。

でも、私はこれからそれに頼ることになる。

いや、もしかしたら今までだって……。

私にそのつもりはなくても、隷属魔法を使っていたとしたら？

だって、ゲスリーは確かに、そう言った。

そう思ったらあまりの恐ろしさに体が震えた。

「……大丈夫か？　リョウ、震えてる」

心配そうなアランの声が聞こえてきて、私は慌てて顔を上げた。

「大丈夫。ちょっと驚いただけ。でもボーッとしてる場合じゃないね。隷属魔法の呪文をはっきりさせないと……隷属魔法を使えば、どうにでもなるんだから……」

努めて元気な声を出そうとしてるのに、どうしても声が震える。

「隷属魔法……」

アランの呟きに私はかすかに頷いた。

「意識的に、使ったことはないからどういう魔法なのかは正確にはわからないけど、でも、言葉の意味合いや殿下のあの時の文脈を考えると、多分、隷属魔法っていうのは、人を従わせる魔法なんだと思う。つまり、魔法で人を無理やり操れる魔法……」

自分で言いながらあまりにも恐ろしくて最後の方の言葉はかすれてしまった。

生物魔法とは、つまり、生きてるものを意のままに操ることができる魔法の類いなのかもしれない。

生きているものの体を操れるから、怪我の治療ができて、体に溜まった毒を外に出すことも、力を無理やり上げることもできる。

そして、きっと、心も……。

「……呪文の文言はわかってるのか？」

「効果のわからない呪文をいくつか知ってる。その中のどれかが隷属魔法、だと思う」

「そんなの、ほとんどわからないのと一緒じゃないか。リョウが辛いなら、そんなのに頼らなくても」

「もう私には、それしか頼る方法がない……！」

アランの言葉を遮るように私はそう叫んだ。

「それに殿下は、私がすでに隷属魔法を使ったって言ってた。だから、私を殺せないと言って、力を弱めた」

私はそう言って、首元に自分の手を這わせた。まだ先ほどのゲスリーの手の感触が残ってる。

ゲスリーは確かにそう言った。

それが本当だとしたら、私はすでにその呪文を知っていて使ったことがあるということになる。

「殿下がリョウを殺せなかったのは……隷属魔法のせいじゃない。違う理由だ」

「違う理由って、なに？　なんであの時、殿下は、私を殺せなかったの？」

「それは……」

そう言ってアランは視線を逸らした。

「俺の口からは言いたくない」

そう言ってアランは口をつぐむ。

アランが何を思ってそう言ったのか、わからない。

でも、今の私にはヘンリーの言っていた隷属魔法だけが頼りなことは変わらない……。

「どちらにしろ……私は隷属魔法を見つけなくちゃいけない。この場を丸く収めるのはそれが一番だし……。アランはカイン様を連れて戻って。今から隷属魔法の呪文がどれか試すから」

そう言って私はゲスリーに視線を向けた。

今は何事もなかったかのように眠っている。

「リョウを置いていけるわけないだろ。俺も付き合う。俺もここにいるから、試せばいい」

「それは……」

アランの提案はありがたいもののはずだ。

これから新しいことを試す中で不測の事態だって起こりうる。側に誰かがいるのは心強い。

なのに私は嫌だと本能のようなもので思った。

私は多分、隷属魔法を使うところをアランに見られたくないんだ。

ひどいことをするという自覚があるし、それに私は自分自身を疑ってる。

私は隷属魔法なるものを使った覚えはない。でもゲスリーは、私が隷属魔法を使ったと言っていた。

嫌な考えから逃げるように私は口を開く。

「……でも、隷属魔法がどんな風に効果を発揮するかわからないし、もしアランまで影響を受けたら……」

「リョウの魔法は、かけたい相手だけではなく、周辺にまで影響を及ぼす魔法なのか？」

「……違う、基本的に他人にかける時は、私が自分の血と一緒に直接触れた相手だけのはず」

「なら、問題ない。魔法には必ず規則性がある。それを外れることはないから、リョウが心配してることは起こりえない」

「……でも。もしかして……今までだって……」

さっきアランは、ゲスリーが私を殺せなかったことと隷属魔法は関係ないって言ったけど、どうしてそう言い切れるのか私はわからない。

もしかしたら私は無意識にその魔法を使っていたかもしれないじゃないか。

そしてもしそうなら魔法にかかったのはヘンリーだけじゃない可能性がある。

アランもコウお母さんも、シャルちゃんも、カイン様も、カテリーナ嬢もサロメ嬢も、クリス君もリッツ君もバッシュ様も……今まで出会ったみんなの気持ちを私が魔法で歪（ゆが）ませていたとしたら？

みんなが私のことを友達とか仲間とか思ってくれるその気持ちが、私の魔法で無理やり作られた気持ちだとしたら……？

そうだよ。普通に考えたら、その方が納得いく方が多い。

だって……。

だって、私は……。

本当の親にさえ愛されなかったんだから……。

ガリガリ村の親の顔がよぎった。今では思い出すこともほとんどなかった前世の頃のことも。

コウお母さんに出会って、友達と出会えて、愛してくれたと、もう大丈夫だと言い聞かせて、ずっと心の奥底に押し込んでいた、あのドロドロとした気持ちが溢れてくる。

もうないものだと思っていたのに。もうなくなったのだと思っていたのに……。

なくなったわけではない。ずっと、私の心の底に溜まってただけ。

目の前が真っ暗になったような気がした。

私は、やっぱり誰にも愛されてなかったんだ。

誰かに愛されたいって願って、願いすぎて魔法という卑怯な手を借りていたんだ。

コウお母さんの優しさも、シャルちゃんたちの笑顔も、アランの気持ちだって、全部私の身勝手な魔法で作られた偽物で……。

「リョウ……!!」

柔らかいものが私の頬を包んだ。

耳に入ってきた声を頼りに、闇にとらわれそうになっていた視界が開けてくる。

焦点を合わせると、私の顔に両手を添えて、心配そうに覗き見るアランがいた。

優しい手だと思った。その眼差しも、私を心配してくれてるのが伝わる。

でもこれも、もしかしたら、偽物で……。

「リョウ、聞いてくれ。リョウが考えているようなことはありえない。魔法はそこまで万能でもなければ、都合よく勝手に発動もしない」

「そんなの、わからない……！」

「わかる」

そう断言したアランに、私は自嘲的な笑みを浮かべた。

「……アランのその言葉だって、私がそう望んでるから言ってるだけかもしれない」

私のその言葉にアランは傷ついたような顔をした。

「リョウ、違う。これは俺の気持ちだ。俺の本心だ。誰かに強制されたものでもなければ、魔法で作られたものでもない」

「けど……」

「リョウが俺にとって特別な理由を俺はちゃんとわかってる。そこに魔法の入り込む余地なんかない。俺は、全部覚えてるから。リョウと出会った時に、なんて生意気なんだと思ったことも。リョウが振り返った時の笑顔を見て、可愛いと思ったことも。リョウが山賊に攫われたと聞いて、俺がどれほど嘆いたと思う？　そして学園で再びリョウに会って、リョウと色々な初めてをしていく中で、どんどん惹かれていった。リョウと出会って感じたこと、思ったこと全部、俺は覚えてる。これは間違いなく俺の気持ちだ。俺がリョウに出会って感じた全てを勝手に魔法だと決めつけるのは、たとえリョウでも許さない」

アランのまっすぐな言葉が胸に響いてきて、視界が滲んできた。

思わず瞼を閉じると目から涙が溢れる。

私はアランの手に自分の手を重ねて、顔を預けるようにして傾けた。

触れられたアランの手は、私が記憶しているアランの手よりも大きく感じた。

思ったよりも少し固くて、とても温かい。

その温かさを肌で感じると、少しだけホッとしてきた。

この温かさは本物だ。アランの言葉だって……。

「大丈夫だ。色々なことが一気に起こりすぎて、混乱してるだけだ。大丈夫だから」

アランはそう言うと、笑顔を浮かべた。

いつも私を励ましてくれるような笑顔。

いつもの、安心できる笑顔。

アランの顔に重なって、コウお母さんやシャルちゃんやカテリーナ嬢たちみんなの顔がよぎる。
そこに嘘があっただろうか。
みんなが私にかけてくれた言葉に、嘘を感じたことが少しでもあっただろうか……。
私、バカだ。
さっきなんてことをアランに言ってしまったんだろう。
みんなの気持ちが嘘なんて、そんなことありえない。
それはみんなと一緒にいた私だからわかる。わかってたはずなのに。
本当に私、バカだ。
「アラン、ごめん……」
私は顔を寄せて、アランの胸に預けた。アランの鼓動の音が聞こえてきた。
少しだけ早く感じるアランの鼓動が、すごく心地よかった。

しばらくしてどうにか落ち着きを取り戻した私は、ヘンリーに隷属魔法、かもしれない
呪文を試すことを決意した。
非道なことであるとはわかってる。でも、やっぱり、どう考えても……今の事態をどう
にかするためにはそれしかない。
「ほ、本当に魔法を使うのに血が必要なのか……？」

私が、親指の腹を少し切って血を出した時、アランがまるで自分の指を切ったみたいな痛そうな顔をしてそう言った。

「今までの経験上、他人に魔法をかける時は必ず必要だと思う」

私がそう答えてもアランは渋い顔をしてる。

心配性だ。これぐらいの傷なら別に大したことないのに。

私はアランのその優しさにちょっとほっこりして、そして気持ちを切り替えるように眠れるゲスリーの方へと目線を向ける。

穏やかな寝顔だ。

眠っている間はその儚げな見た目も相まって天使みたい。ずっとこのままでいてくれたらいいけれど、そうはうまくいかない。

彼が目を覚ましたら私を殺そうとするだろう。直接殺そうとはしなくても、私のことを国の敵として追い詰めることができる権力がある。

生物魔法を知ってる私をゲスリーは放っておかない。

そして、国がゲスリーの名の下私を敵として認定すれば、ウ・ヨーリ教徒たちは黙ってない。必ず戦争になる。

かといってこのままヘンリーを亡き者にしても戦争は免れない。

ヘンリーが死んだら、王国の力が一気に弱まる。今でこそヘンリーの力を目の当たりにして動きを止めた親分率いる剣聖の騎士団は、再び動き出すだろう。

それに、私のことをよく思っていない一部の貴族の動きによっては、私がヘンリーを殺した首謀者として糾弾されることも考えられる。

そうなれば、やっぱりウ・ヨーリ教徒は黙ってないから、戦争になってしまう。

今の状況を、奇跡みたいに好転させるためには、隷属魔法しかないのだ。

ヘンリーを支配下に置いて、私の思い通りに動くようにすれば、それで丸く収まる。

……それがどんなに非道なことだとしても。

私は小さく息を吐き出して覚悟を決めた。

さっきいっぱい泣いたからか、思ったよりも落ち着いてる。

私は血の流れている親指をヘンリーの口の中に突っ込んだ。

覚えている限りの呪文を唱える。

そして強く願う。

生物魔法は、したいことを具体的に想像、もしくは願わない限り発動しない。

だから、私は、彼を自分の支配下に置きたい、操りたいのだと、強く思って呪文を唱え続けた。

一つ、また一つ。覚えている呪文を口にする。

そして呪文を全て唱え終わった私は、思わず眉根を寄せた。

そして自分の手を見つめる。

手応えがない。

効果がわかってない呪文は全部で十八首ほどあった。

でもどれを唱えても、手応えのようなものがない。

それは今までにないことだった。

生物魔法を唱えると、体の周りにオーラのような光の粒子が見える。そして呪文の効果によってそのオーラは形を変えたりと流動する。

だから、魔法がうまくいった時には必ず、『成功した』と今まではわかったのだ。

でも、先ほど唱えた呪文の中で、成功したと感じたものはなかった。オーラの光は見えたが、それに動きはなかった。

残りの呪文の中に隷属魔法というものがあると思ってたけど、私の知らない他の呪文だったということ？

それともやり方がまずかった？

けれども何が、ダメなのか……それすらわからない。

もしかしたら隷属魔法なんてものは、もともとない可能性も……。

でも、それは困る。

だって、もう、全てを丸く収めるには、それに頼るしか、他にすべはなくて……。

こんな時、救世の魔典があれば確かめることができたかもしれないのに……今はもう燃えてなくなってしまった。

ゲスリーなら何か知ってるだろうか？　でも、ゲスリーに聞き出すことはできないし、他に生物魔法のことを知ってる人……。

そこまで考えて、とある人の顔が浮かんだ。

「ダメだったのか？」

控えめな声でアランが尋ねてきた。

私はなんとか頷く。

「ダメだった。私が知ってる呪文ではないのかもしれない。それかもしかしたらやり方が違うのかも。……私には、何がダメなのかもわからない」

「リョウ……」

「けど、生物魔法について詳しく知ってるかもしれない人なら、一人だけ心当たりがある。私が使った魔法を見て、生物魔法だと教えてくれた人。その人なら、隷属魔法のことも知ってるかもしれない」

「その人はどこにいるんだ？」

「ルビーフォルンにいる」

私はそう言って、その方角の山に目を向けた。

そうだ。『生物魔法』と言ったのは、ジロウ兄ちゃんだった。再会したジロウ兄ちゃんは、顔半分が別人みたいになっていて、不思議な雰囲気を伴っていた。

彼に会えば、詳しいことがわかるかもしれない。

「私、これから殿下を連れてルビーフォルンに行きます」

「なら、俺も行く」

すぐそう答えてくれたアランに私は首を振った。

「だめ。アランは屋敷に戻って。カイン様のこともあるし……」

「いや、私のことは気にしなくていい」

突然、カイン様の声が割って入ってきた。

私とアランがはっとしてそちらに目を向けると、カイン様がゆっくりと体を起こしているところだった。

「カイン様、目が覚めたのですか？」

そう言いながら私とアランはカイン様の近くに寄った。

「ああ、少し前から意識はあった……」

そう言いながら、カイン様は、ゲスリーに刺されていたはずの部分に目を向ける。

そこは血で汚れてはいたけれど、もう傷自体は跡形もない。魔法で治したからだ。

「何か体調で気になるところはありますか？」

私がそう言って、カイン様の背中を支えようと手を差し伸べた時、結構強めの力でカイン様に手を握りこまれた。

そして彼の射抜くような鋭い視線と目が合う。

「これはリョウがやったのか？」

片方の手で腹のあたりを触り、カイン様はまっすぐ私を見てそう問いかけた。

その顔は険しくて、口調には私を責めるような色が見える。

一瞬、カイン様を巻き込みたくないという思いで、生物魔法のことを言わなくて済む方法を探したけれど、いいものが浮かばなかった。

それにカイン様の顔を見ればわかる。カイン様は私が生物魔法を使ったことを確信している。

私は今まで見たことがないカイン様に戸惑いつつも、頷(うなず)いた。

「はい、私がしました。生物魔法と呼ばれるものらしいです」

「……リョウは、魔法使いだったのか？」

「魔法使いだったというか、非魔法使いだといわれてる私たちでも使える魔法がこの世界にはある、ということだと思います」

私は正直に話すことにした。

このことを知るのは、コウお母さんにアズールさん。それと精霊使いのセキさんもなんとなく察してくれている。

みんなそれぞれ驚きつつも、受け止めてくれた。

「非魔法使いでも、使える、魔法……？」

震える唇でそう呆然と呟くカイン様が、私の手首を掴む力をさらに強めてきて……私は痛みで思わず顔をしかめた。

「カ、カイン様、痛い、です……」

そう言うとカイン様はハッとしたような顔をして、力を緩めてくれた。

でも、手を離してはくれなかった。

「リョウは、非魔法使いでも使える魔法があると知っていたのに、それを隠していたのか？ 非魔法使いがこの国でどんな扱いを受けているか知っているのに？ 君は、それを隠してたというのか？」

カイン様がカイン様じゃないみたいな険しい顔でそう言った。

「そ、それは……」

喉の奥が乾いてうまく口が動かない。

だって、こんなカイン様を見るのは初めてで、すごく……怖い。

「カイン兄様、リョウが生物魔法のことを公にしていれば、リョウは国から命を狙われていたんです」

アランが私をかばうようにしてそう声をかけてくれて、カイン様はアランの方に視線を向けた。

信じられないことに、その瞳は憎しみがこもってるような鋭い眼差しだった。

「アランに私の気持ちはわからない！　私が魔法を使えないというだけで、どんな扱いを受け、どんな思いをしてきたか！　魔法使いだというだけで、周りから何不自由なく愛されてきたアランにわかるわけがない！　私が、どれほど……！」

そこまで言ってカイン様は、言葉を止めた。

そして私の手首を掴んでいた手を離す。

それからカイン様は悔しそうに眉根を寄せて目を伏せると顔を手で覆った。

「どれほど私が、魔法使いになりたいと願っていたと思う？　小さい頃からずっと、ずっと……僕は……魔法使いになりたかった」

絞り出すような声だった。少し震えてもいた。

カイン様が、自分のことを『僕』と言うのを聞いたのは久しぶりだった。

私がレインフォレストで小間使いをしていた頃、カイン様は自分のことを僕と言っていた。

でも、学園に入学して再会した頃には、もう『私』と言っていた。

カイン様の素の姿を初めて見た気がした。

カイン様は私よりもずっと大人だと思っていた。

ずっとしっかりしている人だと思っていた。

誰よりも気配りができて、優しくて、完璧なカイン様。

どうして私は、カイン様なら、今までの常識が覆るようなことを伝えても大丈夫だと思えたのだろう。

私とカイン様との年の差はたったの三つだ。

前世の年齢を含めたら、私の方がずっと上で、それなのに私はどうしてカイン様のこと、私よりもずっと大人な人で、何があっても大丈夫で、完璧で強い人だと思えたんだろう。

そんなわけないじゃないか。カイン様だってまだ十代の青年だ。

辛いこともあれば、悲しいこともあって、それらを全て受け入れていけるわけじゃない。

きっと背伸びをしていたんだ。必死に努力して、弱い自分を隠して無理してでも大人になろうとしていた。

カイン様は、私やアランが無理をしていたらすぐに気づいてくれる人なのに、私はカイン様が辛い思いをしていたことに、気づいてあげられなかった……。

「ごめん、なさい。カイン様……私。カイン様を傷つけるつもりはなくて……」

「……信じられないな。本当は、ずっと私のことなど滑稽だと思っていたんじゃないか？　非魔法使いのくせに、殿下の友人になれると思ってる憐れな奴だと。……そして結局殿下に殺されかけて、このザマだ。さぞかし面白かっただろうね」

「そんなこと思ってません！」

　ショックで思わず叫ぶようにそう言った私をカイン様は鼻で笑った。

「君の知ってる私はこんなんじゃなかったって？　平等で、公平で、汚いものなど何も持ってないような人だとでも？」

「わ、私は……」

「本当は逆だ。誰よりも不平等で、その不平等さにずっと苦しめられ、誰にも吐き出せずに汚い思いだけを抱えている。……君たちの知る私はただの、幻想だよ。勝手に君の幻想を私に押し付けるのはやめてくれないか」

　そう言われて、何も言い返すことができなかった。

　カイン様の言うことを全部違うと否定できる？

　私は確かに、理想を、幻想を抱いていた、のかもしれない。

　そんな私を嘲笑うような笑みを浮かべたカイン様が改めて口を開く。

「残念だったね。リョウの理想とは程遠いだろう？」

「そんな、ことは……私は……」

「私のことは置いてさっさとどこかに行ってくれ」

なんて答えれば良いのかわからなくて口籠もる私から視線を逸らしたカイン様は、突き放すようにそう言った。

このままカイン様と別れたら、きっともう二度とカイン様は私たちの前に姿を現してくれないような気がした。

そんなのは、嫌だ。だって、こんなの……。

「今のカイン様を一人にはできません」

「……このままここにいると言うのなら、きっと私はリョウを傷つけるよ」

まっすぐ、刺さるような瞳でそう言われた。

けれども、私の気持ちに変わりはない。

「たとえ傷つけられたとしてもいいです。私はカイン様になら傷つけられてもいい」

だって、そうじゃないと自分を許せそうにない。

側(そば)にいたのに、彼の抱えていることに気づけずにいたのは、私自身だ。

そう思って口にすると、カイン様がこちらを見た。

手負いの獣のような、陰のある鋭い視線がぶつかった。

「それは、どういう意味で言ってるのか、リョウはわかっているのか？」

カイン様は何故か私を馬鹿にするように唇を歪(ゆが)めて、私の後頭部に手を伸ばした。

そしてそのまま引き寄せられて……。

あっと思う間もなく私とカイン様の顔が急接近して、気づけば唇に柔らかいものを感じた。

あれ、これって……もしかして。

呆然と固まっていると、カイン様がゆっくりと私から唇を離した。

そして私の顔を見て皮肉げな笑みを浮かべる。

「そんな顔しないでもらいたいな。傷ついてもいいと言ったのは、リョウの方だろう？」

そう答えたカイン様の唇が少し濡れていて、先ほどまでのことを思い出して顔がカッと熱くなった。

そして何も答えられないまま、私は右手で自分の唇に触れた。

やっぱりここ、唇だ。さっきここにカイン様の唇が当たってた。

「カ、カイン様、私……」

蚊の鳴くような消え入りそうな声しか出なかった。心臓がばくばくしてる。

今まで、ゲスリーとかエッセルリケ様とかの、事故みたいなキスはあったけど、だって、こんな……。だって、カイン様は昔から知ってる、大切な人で……。

カイン様は、戸惑いすぎて何も言えないでいる私から視線を逸らし、私の隣にいたアランに目を向けた。

アランも、私と同じように驚いた様子でカイン様を見てる。

カイン様は、そんなアランを見て、暗い笑みをこぼした。

アランが息を飲むのがわかった。

「……カイン兄様は……俺のことが憎いから、そんなことをされたのですか？」

泣きそうな声でアランがそう言った。

「さあ、どうだろう」

「俺が憎いのなら、俺にぶつければいい！　誰かを……リョウを巻き込むのはやめてくれ！」

アランの訴えに、カイン様は挑発するような笑みを浮かべるだけだった。

今までの、私が知ってるカイン様と違いすぎる。

だって、カイン様がアランを見つめる目はいつも優しかった。優しいお兄ちゃんって感じで、私はそんな家族がいてくれるアランが羨ましくて仕方がなかった。

そんなカイン様がアランに暗い笑みを浮かべ、優しさのかけらもない眼差しを向けている。

……でも、こんな風に、悲しいと思ってしまうのはおかしい、のかもしれない。

だって、勝手にカイン様を完璧な人だと思って理想を押し付けたのは私だ。

今までと違うからといって、カイン様に対して勝手に悲しくなったり、失望したりする

権利が私にあるだろうか……。

それに、カイン様が心の底で何を思っていたとしても、私やアランに対して優しくしてくれた事実は変わらない。

「……いいんです、アラン。私が傷ついてもいいって言ったんですから」

アランの方を見て私はそう言った。

さっきは流石に動揺したけど、落ち着いてきた。

カイン様のキスに気持ちはなかった、ように思う。

おそらく、私とアランを傷つけようとして行ったのだろう。

怒りとか憎しみとか、別の感情に任せたもののように感じた。

私は改めてカイン様をまっすぐ見た。

「でも、カイン様、キスは本当に好きな人のためにとっておいた方がいいと思いますよ。これはカイン様とカイン様の将来の奥様のためにです」

カイン様は私やアランを傷つけようとしたかもしれない。

もしかしたら、私やアランのことなんて本当は昔から嫌いなのかもしれない。

でも、それでもいい。

だって、今までカイン様が私にしてくれたことが消えるわけじゃない。

何を思っていたとしても、カイン様は私やアランを支えてくれた人だ。

私の言葉に今度はカイン様が戸惑うように私を見た。

そこには少しだけ後悔の色が見えた気がした。

私が、そう思ったところで、

「あれ……？　ここは……」

突然、間の抜けたような、呑気(のんき)な声が聞こえてきた。

慌ててそちらに目をやると、ゲスリーが目を覚ましていた。

ゲスリー殿下は、場違いなほどゆったりとした動きで体を起こし、戸惑う私たちの前で腕を頭上に掲げて伸びをする。

そしてちらりとこちらを見ると、目をパチクリと何度か瞬きして首を傾(かし)げた。

「君たちは、誰？」

……は？

キョトンとした顔で唐突にゲスリーがそう言った。

思ってもみなかった言葉に思わず固まる。

「それに……ねえ、僕が誰だか、君たちは知ってる？」

また、ゲスリーの口から呑気な声で意味不明な言葉が続く。

……目覚めた途端にこいつ、この期に及んで何を言い出すんだろう。

さっきから頭が真っ白になることばかりだ。

私は思わず目をすがめた。

「なんの冗談ですか？　全然面白くないんですけど」

私が警戒しながらそう言うと、ゲスリーはなんの含みもなさそうな瞳で私を見て、困ったように眉根を寄せた。

「冗談……？　違うよ！　えっと、本当に僕は、僕が一体誰で何者なのか、よくわからなくて……」

不安で声のトーンがいつもよりも高くなってるのか、怯えた小動物のようなゲスリーから出た声は、ひどく幼く聞こえた。

え？　どういうこと？

なんだか、よくわからないことになった……。

怯えた様子のゲスリーを見ながら、私もアランもカイン様だって固まった。

だって、記憶喪失ってこと……？

ちょっと意味がわからない。私が使った呪文の中にそういう効果の魔法が……？　でも魔法が発動した感じはしなかったけど……。

でも、実際にゲスリーさんが僕は誰？　とかふざけたこと言ってくるわけだし……。

それとも魔法とは関係なく、アランがゲスリーの頭に石をぶつけた衝撃で記憶が飛んだとか……？

いやいや、もしかしたら私たちをこうやって悩ませることこそがゲスリーの狙いの可能性がある。

意味わからんことを言って、オタオタする私たちを見て愉悦にひたるという趣味の悪いお遊びなのでは……？

疑いの目でゲスリーを見てみるけれど、ゲスリーは引き続き怯えた草食動物みたいな顔をしており、その姿からはゲスリーの真意は測れなかった。

「殿下、ご自身が殺そうとした相手のこともお忘れですか？」

カイン様がそう言って近寄ると、ゲスリーの襟を掴んで乱暴に引き寄せた。

カイン様らしくない荒々しさに思わず目を見開く。

ゲスリーも怯えるように瞳を揺らした。

「こ、殺す……？　わからない。君は誰……？」

消え入りそうな声でそう返すゲスリーを見て、カイン様は目を見開いた。そしてすぐに眉根を寄せて傷ついたような顔をする。

「ふざけるなよ……！」

絞り出すような低い声でカイン様はそう言うと、ゲスリーを突き放した。

カイン様に襟元を引っ張られて少し宙に浮いていたような形のゲスリーは、突き放されるとそのまま地面に倒れ込み、顔に土につけて……綺麗な顔に汚れがついた。

今までのゲスリーなら、こんな扱い許さなかっただろう。

でも、ゲスリーは怒りもせず、汚れた顔にある大きな目を見開いてカイン様を見上げるだけだった。

その顔には、今までの自信たっぷりなヘンリーの面影は全くない。怯(おび)えた、子供のようなゲスリーがそこにいた。

「……リョウの魔法がこうさせたのか？」

カイン様がゲスリーを見ながら私に問いかけた。

私は小さく首を横に振る。

「多分違うと思います。けれど……確証はありません」

「さっき、リョウたちはルビーフォルンに魔法についてのことを知ってる人物に会いに行くという話をしていた。その人に会えば、殿下のこの状態についてもわかるのか？」

「それも……確実とは言えません。わかるかもしれないですし、わからないかもしれない」

自分で言っていて、情けなくなった。

ゲスリーがこうなってしまった現象が、先ほど唱えた呪文のせいかもしれないのに、私はそれを確かめることができない。

どうして私は、あの時、なんの準備もせずに色々呪文を試してみてしまったのだろう。

焦っていたのもあるけれど、それでも、もう少し慎重にやるべきだったかもしれない。

人を思いのままに操れる、そんな嘘みたいなことが現実になるかもしれない恐ろしさと、今の状況をどうにかできるかもしれないという期待が、私を冷静じゃなくさせていた。

そして、こうなった以上、余計に魔法のことについて真実を確かめなくてはいけないというのに、その方法はジロウ兄ちゃんに会って話を聞くという、不確かなもの。

ジロウ兄ちゃんに会えるかもわからないし、ジロウ兄ちゃんが知っているかも定かではない。全てがあやふやだ。

「大丈夫だ。まずはその人に会いに行ってみよう。考えるのはそれからでも遅くはない。行ってみて、何もわからなかったとしても、それはその時後悔すればいい」

アランがそう言って、元気づけるように私の背中を支えた。

確かにアランの言う通りだ。

今嘆いていてもどうしようもない。まずは確認しないことにはわからない。

「そうですね……。どちらにしろ、確かめに行くしかない」

私がひどく苦々しい気持ちでそう言うと、カイン様が頷(うなず)いた。

「……そうか。なら、私も行く」

声は小さかったけれど、はっきりとカイン様はそう言った。

意外な言葉にカイン様を見た。

「殿下をこのままにはできない」

そう言ったカイン様の横顔は、すごく真剣で、先ほどまでの怒りは感じなかった。

あんな目に遭っても、ゲスリーの身を案じているということなのだろうか。

「わかりました。場所はレインフォレスト領にも近いルビーフォルンの山の中腹です。ここからなら二、三日でたどり着けると思います」

ただ、たどり着いたとしてもジロウ兄ちゃんに会える保証はないけれど。

でも、そこまで一緒に行動しているうちにゲスリー殿下の思惑もわかるかもしれない。

私は改めてゲスリーを見た。

頬に土をつけて、不安そうに私たちを仰ぎ見る、弱々しい姿のゲスリー。

本当に記憶を失くしたのか、それともそういうフリをしているだけなのか。

そういうフリをしていた場合、彼の目的は何なのか。

一緒に行動しているうちにわかることもあるはずだ。

そうして私たちは、ゲスリーを連れ、生物魔法のことを聞くためにルビーフォルンへと向かうことになった。

エピローグ　キレイなゲスリー

ルビーフォルン領とレインフォレスト領の境の七割ほどは大きな山脈になっていて、それによって領地が綺麗に分けられている。

私たちが向かっているのは、その山脈を越えた場所にあるルビーフォルン領のケスネス山だ。

以前ケスネス山の中腹で、ジロウ兄ちゃんに会った。

そこで初めて『生物魔法』という単語を聞いた。生物魔法の一種かもしれない『隷属魔法』についても、ジロウ兄ちゃんは何か知っているかもしれない。

……もし、知らなかったとしたら他に何か対策を取らなくてはいけないし、どちらにしろとにかく急がなくちゃいけない旅だ。

今私と一緒にルビーフォルンに向かっているのは、アランとカイン様とゲスリーの三人。

残してきた人たちにとっては、私たち四人が突然失踪したという感じになっている。

そして中でも、私とゲスリーが謎の失踪をしてるという状態が続くのは危険だ。

そのうち、やばいぐらいの大騒ぎになる。収まりがつかなくなる前に戻ってこなくてはいけなくて、おそらくリミットは一週間ぐらい。

目指すケスネス山は、直線距離ならそれほど遠くはないのだけれど、間にある山脈には魔物がいて突っ切れない。

だからどうしてもこの領地を隔てる山脈を迂回しなくてはならない。

とはいえ、目指すケスネス山までは馬を走らせてれば遅くとも三日ほどでたどり着くはずで、リミットの一週間にはギリギリ間に合う計算だ。

まあ、それも、うまくジロウ兄ちゃんに会えればだけど……。

最悪の事態を想像し、ちらりと横に視線を送る。

視線の先には現在の悩みの種であるゲスリー殿下。

ゲスリーは、手を縄で縛られ、口に縄を巻かれて口がきけない状態になって、カイン様に支えられるようにして馬に乗っている。

呪文を封じるためだ。

最初怯(おび)えていた様子のゲスリーには、貴方はこの国の王子で、重い病気にかかってるからそれを治せる人に会いに行くんです、という内容のことを吹き込んだらあっさりと信じて私たちが拍子抜けするぐらい今では落ち着いていた。

カイン様の馬に乗せられているゲスリーは、色々不自由な状態だというのに、馬上の旅を楽しんでる雰囲気すらある。

何か言いたそうにしているタイミングで、猿轡を外すと、「見て見て、さっきね、リスがいたんだよ。小さくて可愛かったな」だったり、「あの木すごく大きいねぇ、両手で抱えられないぐらい太いよ！」だったり、「あの雲、りんごみたいな形だ」などの呑気な感想を述べてくる。

なんていうか、キレイなゲスリーって感じで、ゲスなゲスリーに慣れてる私としては、逆に気味が悪いというかなんというか。

さっきなんか背中を支えているカイン様に向かって、「ずっと支えてくれてありがとう。でも大丈夫？　疲れない？」とか言ってカイン様に気遣い始めた。

流石のカイン様もゲスリーの豹変に渋い顔をしている。

そんなゲスリーの呑気な声を聞きながら移動を続けて、もうすぐ日が暮れるというところで、予定していた野営地まで着いた。

この野営地は私が山賊時代に親分たちとの寝泊まりで使ったことがある洞窟だ。

ここで一晩みんなと泊まる。

入り口を隠すための植物を払いのけて、洞窟に入った。

懐かしい。コウお母さんたちといた時と変わらない。

ちょっとした家具や調理器具はそのまま、多少蜘蛛の巣がかかっていたりしたけれど保存状態もそこまで悪くなくてまだまだ使えそうだ。

「ルビーフォルンにいた時、ここで暮らしたことがあるのか？」

物珍しそうにあたりを見渡していたアランがそう言った。

「ずっとというわけではありませんが、こちらを拠点としてしばらく過ごしてたことがあります」

とアランに簡単に説明すると、彼はそうかと頷いた。

そのあたりのことを何となくわかってる気がする。

私が親分たちと暮らしてたことをはっきりと今まで伝えたことはないけれど、アランは
アランは妙にコウお母さんとも仲良いし、直接聞いているのかもしれない。

私からもちゃんと話すべきだろうか……。

あっさりと頷いたアランにそんなことを思っていると、ムームーと何かを訴えるような声が聞こえてきた。

猿轡をしたゲスリーがぴょんぴょん跳ねながら何か言いたそうにしている。

また何かしゃべりたくなったらしい。

さっきからちょくちょく何か言いたそうにしては、「ほらみてあそこ！　花が咲いてるね！　綺麗だなぁ。リョウに似合うかも！」なんていうファンシーでポップなセリフを吐いてくるゲスリーさん。何回聞いても、あのゲスリーさんの口からあんなファンシーでメルヘンなセリフが飛び出すことに慣れない。

私は、ぴょんぴょんウサギみたいに跳ねてるものすごく子供っぽいゲスリーの仕草にめんくらいながらも、カイン様に目配せして猿轡を外してもらった。

すると、ゲスリーは満面の笑みを浮かべた。

「ここでお泊まりするの？」

と友達との初めてのお泊まり会みたいなテンションでウキウキした様子で尋ねてきた。

ここまでの移動中も思ったけれど、ゲスリーさんが呑気すぎる。本当に小さな男の子みたいな反応をするのだ。顔の造形がもともと良いことも相まって、ゲスリーなのに可愛いような気さえしてきて怖い。

ゲスリーを可愛いなんて思ったら、終わりだ！

もしかしたら、罠かもしれない。ハニートラップ的なやつ！

私は冷静に自分に言い聞かせてから、気を取り直して努めてすまし顔で頷いてみせた。

「……ええ、そのつもりです」

私がそう答えると、やっぱりゲスリーちゃんは無垢な笑顔を見せ、カイン様の方を窺うように見る。

「カインも一緒だよね。楽しみだな。夜もずっとリョウとカインと一緒にいられるんだね！」

あざとくも笑顔振りまくゲスリーにアランが渋い顔をする。

「おい、俺もいるからな」

「アランも一緒かぁ……」

「なんでそんなに不満そうなんだよ……」

なんだか不満そうなゲスリーちゃんにアランが疲れたようにそう言った。

最初こそ怯えてたゲスリーちゃんは、すっかり私たちに気を許してる。

気を許すっていうか、何を思ったのかここにいる三人は記憶を失う前の自分の友達だと思ってるらしい。

猿轡されて手も縛られてるっていう状況なのに、どうしてそう思えたのかは謎である。

「……とりあえず、野営の準備をしましょうか。私、焚き火に使えそうなものを取ってきます」

私がそう言うと、テーブルの埃を払っていたカイン様が顔を上げた。

「なら、私は水と何か食べられそうなものがないか探そう」

騎士科で学んだカイン様なら、野営にも慣れてるはずなので食料の調達もお手の物だろう。

私は頷いてカイン様と一緒にアジトの外に行こうとすると、

「お、俺も……」

と、アランが一瞬声を上げたが、ちらりと殿下を見てからため息を吐いた。

「いや、俺は殿下と一緒にいるよ」

ごめんアラン。

誰か一人はゲスリーを見張らないといけない。

本人もそれがわかったからこその先ほどの言葉だろう。なんだか悩ましい顔をしている。

現在幼児退行してるように見えるゲスリーちゃんだけど、油断はならないもの。

ゲスリーの近くは色々ストレスも溜まるだろうけど、頼りにしてます。

そうして、私とカイン様は一旦隠れ家の外に出ることになった。

そして外で黙々とよく燃えそうな枝なんかを拾い集める私と付かず離れずの距離でカイン様も食料探しをしてくれている。

カイン様が持っている隠れ家から拝借した藁のカゴには、野草やキノコがすでに何個も盛られていた。

流石(さすが)カイン様だ。私も頑張らねばとしばらく枝集めに精を出していたが、十分に集まったらしいカイン様がこちらにやってきた。

「リョウ、殿下は本当に記憶をなくしただけだと思うか？」

カイン様は地面を見下ろしながらそう言った。

私の方は見ておらず視線は合わない。私は枝を一つ拾い上げてから立ち上がってカイン様の方を見た。

「正直、私もよくわかりません。ただ、普段のヘンリー殿下のことを思うと、記憶を失っているのは本当のような気もしてます。でも、私は彼が何もかも忘れたふりをしているだけの可能性もあるとも、思ってます」

今のゲスリーの振る舞いを思うと、忘れたふりをしてる説は考えにくいことではあるけれど、でも、可能性がないとは言い切れない。

手首は縛っているがある程度の自由を与えているのも、彼がその隙に乗じて動き出してボロを出すかもしれないとふんでいるからだ。

でも、今のところ彼に逃げたりなにかをしたりする気配はない。

「そうか。私もわからないが……。しかし、殿下は……あまりにも以前と違いすぎる」

「そうですね……」

私は深く頷いた。

カイン様もあの無邪気なゲスリーが以前の彼と違いすぎて、戸惑っているらしい。

「それと、今日はその……すまなかった」

突然カイン様に謝られて、目を見開いた。

「……え？」

「魔法のことを隠さなくてはいけない事情があるのも、わかってはいたんだ。だけど、自分を抑えられなくて……」

「い、いいえ、いいんです！」

まさか謝られるとは思ってなかったのでびっくりした。

正直私が無神経なのが悪いと思っていたし、それにさっきまでの移動中、基本的に私もアランもカイン様もそのことには触れず会話らしい会話もないまま淡々と進んでいて、まさかカイン様から今日のことに触れてくるとは思わなかった。

ちょっとばかりビックリしてカイン様を見ていると、ふと彼がどこか色っぽく微笑んだ。

「それに、唇のことも……」

唇……？

あ！　そういえば私！　カイン様とキスを……!!

「あ！　いえ、その！　それも大丈夫！　です！　その、気にしてないですから、カイン様もお気になさらず！」

私がそう言うとカイン様は私に視線を合わせて、悲しげに少し微笑んでから口を開いた。

「リョウは、気にならない？　私は、気にせずにはいられないよ。……今も」

カイン様はそう言って、先ほどとは比べ物にならないぐらいの色気をふんだんに含んだような瞳を私に向けた。

その甘い眼差しにくらりと腰が抜けてしまいそうになった私は慌てて視線を下げて、カイン様の魅惑の眼差しから逃れた。

危ない。なんてことだ。カイン様から色気という色気が溢れ出すぎてる。

私、こんな人とキスを!?

心臓がばくばくいってる。やばい。おさまれ心臓！

それにしても視線は下げたはいいものの、なにかカイン様に答えなければ。

さっきは気にしてないとは言ったけど、思い出したら正直めちゃくちゃ気になってきた。だって、キスだよ！　キスってやつは特別だ！

キスなんかされたら大抵その日一日ぐらいはそれで頭がいっぱいになってしまうお年頃だもの。

ゲスリーにキスされた日でさえ一日中ずっとゲスゲスとゲスリーのことばかり考えてしまったというのに！

ここは素直に、いやめちゃくちゃ気にしてますって言えばいいの？

いやでも、それを言ったところで何になるかっていうと……あれ、何になるんだろう……？

色々とわけがわからなくなっていると、近くでカイン様がかすかに笑うように息を吐いたのが聞こえてきた。

私が突然うつむき始めたことで呆れられた⁉

と思ったところで、

「アラン、殿下、そちらにいらっしゃるんでしょう？」

とカイン様が声を張り上げた。

アランと殿下？

茂みをガサゴソと揺らしながら、アランとゲスリーが現れた。

頭に葉っぱをつけている。

どうやら茂みに隠れていたらしい。

「なんで、二人がここに……？」

と言って私は主にアランを見た。

アランにはゲスリーと一緒に隠れ家にいてもらうようお願いしていた。

あ、もしかしてトイレ？

「わ、悪い。殿下が……」

「僕のせいにしないでよ。先に不安だって言ったのは、アランでしょ」

と何事かもごもご言ってるアランにゲスリーが強気な口調で突っ込んだ。

というか二人がいる理由って結局なんなんだ。

不思議に思っていると、ゲスリーが私を見て、ズカズカと歩み寄ってきた。

「僕は、カインのことも好きだけど。リョウのことは特別なんだ。カインが、リョウのことを欲しいって言ったって、僕はあげる気はないからね！」

とヘンリーは言いながら、私の側まで来ると強気な視線でカイン様を見た。

カイン様の方が、少し背が高いので見上げるような感じで。

カイン様はそれをかすかに笑って受け止めると首を傾げる。

「殿下は、記憶が戻られたのですか？」

「戻ってないよ。でも、一緒にいればわかる。カインといると、ホッとする。安心できるし、楽しいと思える。きっと君は、記憶を失う前の僕の一番の友達だったんだ」

ヘンリーがそう言うとカイン様が目を見開いて固まった。

そしてそんなカイン様を置いてキレイなゲスリーは私を見た。

「リョウと一緒にいてもホッとするよ。安心する。でも、それだけじゃないんだ。特別だよ。だってリョウだけ違うんだ。すごく……ドキドキしてる。リョウに見つめられると、舞い上がるような気持ちになる。これって記憶を失う前の僕が君に恋をしていたってことでしょう？」

キラキラとした瞳でゲスリーはそう言った。

思わず私は瞳をパチクリした。

ゲスリーちゃんったら、何を言い出すかと思えば……。

ゲスリーが、私に恋をしてる……？

私の頭の中にゲスリーとの出逢いや、彼の口から紡がれるゲスリー節、カイン様を傷つけたゲスリーマジ絶許と思ったこれまでの軌跡が駆け巡る。

そして私は結論を出した。

「それはないと思いますよ？」

私は至極神妙な顔をしてそう諭したが、ゲスリーは不満顔だ。

そして隣のアランが何ともいたたまれない顔をして、

「俺が言われたわけじゃないのに、胸が痛い」

と小さく嘆いた。

一体何なのだ。

そうこうしているとゲスリーは、

「とりあえず、二人っきりは危険だから、これ以上二人で外にいるのは禁止！　一緒に戻る！」

と言って、ズカズカと隠れ家の方へと歩いて行ってしまった……。

何故この場を彼が仕切っておいでなのか。

手首を縛られてる身だというのに偉そうである。

なんていうかゲスリーさん、典型的なわがまま王子って感じのキャラになってない？

記憶は失っても王族。自然とわがまましちゃうのがデフォなのだろうか。

私たち残された三人は、目配せをし合って結局ゲスリーの後に続いた。

薪(たきぎ)の枝も十分集まったしね。

それにしてもゲスリーときたら、さっきからずっと魔法を使えば逃げられるチャンスはいっぱいあったのに、何もしないなんて……。

それに、恋だの親友だの彼からはありえない単語がポンポン出てる。

やっぱりゲスリーは本当に、記憶がないのかもしれない。


簡単に食事を済ませて隠れ家に泊まり、夜明けとともに準備して早々に出発した。

今日でおそらく以前ジロウ兄ちゃんと会えた場所まで行ける。

ただ、行ったからといって必ず会えるのかという問題はあるけれど……。

目的地が近くなるにつれて緊張感が増してきた。

私以外のメンバーも、それぞれ緊張した面持ちだ。あ、いや、ゲスリーちゃんだけは呑(のん)気(き)なもんだけど。

そうして、とうとう目的の場所付近までたどり着いた。

目の前にはただの険しい山。

この先は、道らしい道もないので馬を下りることになった。

徒歩で進むことになった私たちは、あたりを警戒しながら、伸び放題に植物が生い茂る山道を進むと、川の流れる音が聞こえてくる。

もうすぐだ。

地面を軽く均(なら)すようにして先に進むと、神縄(かみなわ)が見えてきた。

あそこだ。

あの縄の向こうに、前はジロウ兄ちゃんがいた。

しかし、今はいない。

「ジロウ兄さん！　リョウです！」

と、何度か縄の向こうに向かって呼びかけてみたけど、返事はない。

「……少し、周辺も見て回ります」

私はそう言うと、神縄に沿うようにして歩き始めた。アランたちも無言でついてくる。

しかし、一通り周辺を見て回ったけれど、ジロウ兄ちゃんは見つからなかった。

会えないかもしれないという可能性が現実味を帯びてきて、気持ちが重くなる。

自分でもわかってた。望みの薄い賭けだってことは。でも、もうこれに賭けるしかないのだ。

あと残る手段は……と思って私は藁で編み上げて作られた神縄を掴(つか)んだ。

「おい、リョウまさか中に入るつもりか⁉」

アランの焦ったような声が聞こえて私は頷(うなず)いた。

「そのつもりです。このままここで呼びかけても反応がなさそうですし」

「だからって……危険すぎる。中はどうなってるかわからない。少なくとも魔物がいるんだぞ」

「わかってます。けど……」

「私は行ってみる価値はあると思う。魔物なら、前の騒動でも何度か相手をした。やれない相手ではない」

カイン様が神縄の奥を睨みながらそう言った。

自分から中に入ると言っておきながら、カイン様が同調したのが意外に感じた。

カイン様はいつも無茶をしがちな私やアランを止めるような役割が多かったから。

でも、本当のカイン様は、こういう時に結構無茶をしたがる人なのかもしれない。

「なんか、ごめんね。よくわからないけど、これも僕のためなんでしょ？　僕のせいで、ごめん」

とゲスリーが本当に申し訳なさそうに眉尻を下げた。

こちらのゲスリーの変化にも未だに慣れない。

いや確かに、記憶を失ったゲスリーには、病気を治すためだと嘘の説明をしてるから彼がそう思うのはそうなんだけど……。

なんだろうこのキレイすぎるゲスリーは。なんかものすごい罪悪感が……。

もしかして、こういう新手のゲス流の嫌がらせなのだろうか。

私は、三者三様の答えに戸惑いつつ改めて考える。

行くべきか。行かないべきか……。

「……少しだけ、中に入ってみます。神縄の、奥に」

私は結局、中に入ることに決めた。だってもう、他に手段はないように見えたし。

そして神縄をくぐってその先に進んでみたけれど、景色はくぐる前とさほど変わらない。

ただ、空気が違う。それだけははっきりとわかった。

口には出していないけれど他の三人も私と同じように感じたのだろう。

緊張しているのがわかる。

正直怖かった。神縄の中は未知の領域になる。

それでも私たちは先に進むしかない。

ゆっくりと、周りに最大限の警戒をしながら四人で進む。

途中で、森の様子が変わって竹林地帯に入った。

ルビーフォルンにはいくつか竹林の生える場所がある。ここもそうらしい。

結構奥まで来た。距離にして一キロほどだろうか。いや、もっと短いかもしれない。

でも、いつもより警戒して進む一キロは途方もなく疲れた。

きっと他の三人も同じだろう。

今のところ魔物との遭遇がないのはありがたいけれど、ジロウ兄ちゃんの手がかりもない。

もう諦めて、引き返すべきかもしれない。

「……ここ、魔素が、ありえないほど、濃い」

あたりを見渡しながら、アランが戸惑いがちに答えた。

「魔素が……？」

私の目にはなにも見えないが、魔術師のアランにはなにか見えるらしい。

魔術師といえば、ゲスリーも……。目線を向けると彼もキョロキョロとあたりを見渡してる。

「魔素って、このキラキラしたやつのこと？　濃いというか、一つのところに向かって集まってる。ここより、もっと奥だ」

ヘンリーがそう言って、魔素というのが集まっているらしい方向へと視線を向けた。

私もそちらを見てみたけど、私の目にはなにも映らない。

でも確かに、何か感じるものがある、ような気がする。

「どうする？　そのまま殿下が言う場所まで行くか、どうか」

カイン様がそう言った。

そこにジロウ兄ちゃんがいる確証はないけど……。

私は結局奥へ、魔素が集まっているという方向へと向かうことにした。

サクサクと落ち葉を踏む音が響くがそれ以外の音がない。

変な感じだ。

魔素が集まる場所まで様子を見るという目標ができたからか、不思議と先ほどと比べると疲れを感じなくなった。

警戒しながらも先に進むと、アランがここだと言って、眩(まぶ)しそうに目をすがめた。

そこは、円形の広場のようになっていた。

先ほどまで所狭しと生えていた竹が、円を描くようにして綺麗になくなっている。

いや、この円形の中心に何かある。

目を凝らすと何か小さなものが地面から顔を出しているのが見えた。

あれは何だろう。茶色で、少しとんがってる。

見た感じは……。

「タケノコだな」

あっさりアランはそう言った。

そうタケノコだ。あの形は間違いなく、タケノコ。

あのタケノコに向かって魔素が集まってるらしい。

私たちは恐る恐るタケノコに近づいた。

先っちょしか見えないけど、なんとなく、根本はかなり太そうだ。

「大地の中でも魔素が動いてるよ。あのタケノコに向かって。言ったら、大地の中で収束していく魔素の方が大気中の魔素なんて比べ物にならないぐらいだ」

「やはり殿下は、地中の魔素までわかるのか」

アランが驚いたように言う。

私は大気中の魔素ですらわからないので、一体何がすごいのかわからないけれど魔術師界隈ではすごいことのようだ。

「誰だ!!」

突然、怒声が響いた。

声が聞こえた方を見て、私は再度驚きで目を見開いた。

だってそこにいたのは……。

「ジロウ兄さん？」

私がそう言うと、先ほどまで険しい顔でこちらを警戒していたジロウ兄ちゃんの顔と目が合った。

「リョウか……？」

私だと気づいたジロウ兄ちゃんの顔が呆然としたものに変わる。

ジロウ兄ちゃんの顔は、以前ルビーフォルンで出会った時のものとほとんど変わらない。

半分は懐かしいジロウ兄ちゃんの顔だけど、もう半分は、仮面が剥がれたみたいになってまったく別人の顔になっている。

まじまじと見ているとジロウ兄ちゃんは再び険しい顔をした。

「そこから離れて」

有無を言わせぬジロウ兄ちゃんの言葉は冷たく感じた。

半分は懐かしいジロウ兄ちゃんの顔なのに、全く知らない人のような気がした。

すごく迷惑そうに私を見ている。

私がそこから動かなかったら、話も聞いてくれない雰囲気だ。

私は言う通りにしようと無言でタケノコから離れ、ジロウ兄ちゃんの方へと歩む。

もともと私の目的はジロウ兄ちゃんに会うこと。

タケノコのことはどうでもいい。

「ジロウ兄さん、お久しぶりです。私……」

「お前もだ。離れろ」

私が目的を言おうと口を開いたら、ジロウ兄ちゃんが怒鳴るようにそう言った。

私に言ったようではないようで視線が奥の方を見てる。

振り返って確認すると、タケノコの近くにゲスリーがぽつんと立って、まっすぐタケノコを見下ろしていた。

「殿下？」

私がそう声をかけると、彼はゆっくりとこちらに顔を向けた。

「なに？」

「あの、こちらに来てくれますか。兄が、そこから離れてほしいみたいで……」

私がそう言うと、さっきから険しい顔をしてるジロウ兄ちゃんに初めて気づいたかのように驚いた表情を見せる。

「ごめん。とてもびっくりしたから見入っちゃっただけ。大丈夫、何もするつもりはないよ」

ゲスリーはそう言うと、こっちに来てくれた。

さっきからずっとピリピリしてたジロウ兄ちゃんからやっと剣呑(けんのん)なオーラが消えた、気がする。

私は改めてジロウ兄ちゃんに向き直った。

「私、聞きたいことがあってここまで来たんです。以前ジロウ兄さんが教えてくれた生物魔法について教えてほしくて」

私がそう言うと、ジロウ兄ちゃんはしばらくまじまじとなにを考えているのかわからない顔で私を見た後、ゆっくりと頷(うなず)いてくれた。

「わかった。だがここは特別な場所だから、ここから離れよう」

ジロウ兄ちゃんは、それだけ言うとどこかに向かって歩き出した。

私たちも黙ってジロウ兄ちゃんの後についていくことにした。

ジロウ兄ちゃんについていくと、少し開けた場所にやってきた。

近くに焚き火の跡や毛布などが置いてあるのを見るにおそらくここはジロウ兄ちゃんの住処なのだろう。

ジロウ兄ちゃんに促されるまま焚き火の跡を囲むようにしてみんなで座った。

「ジロウ兄さん、早速ですけど、生物魔法について教えてほしいんです」

「昔の魔法のことか」

あっさりとそう言ったジロウ兄ちゃんの言葉に期待が高まった。

やっぱり何か知ってるんだ。

「はい！　その生物魔法について知ってることを聞きたくて、特に隷属魔法について教えてほしいんですけど、隷属魔法のことは何か知ってますか？」

「隷属魔法……。確か、生物を意のままに操る魔法だったか」

ジロウ兄ちゃんはなんてことないような口調でそう口にした。

隷属魔法のことも知ってる……！

「そう、その魔法です！　ジロウ兄さんは隷属魔法のことを知ってるんですね？　呪文はわかりますか？　使い方は……!?」

「さあ、使い方はわからない。興味がなかったから」

「えっ……」

わからない……？

一気に膨らんだ期待の分、ジロウ兄ちゃんの言葉が重くのしかかる。

思わず頭が真っ白になっていると、隣のアランが口を開いた。

「使い方はわからないにしても、何か知ってることがあれば教えてほしい」

冷静なアランの言葉に私も少し落ち着いてきた。

そうだ。手がかりだけでも……。

「何か……。そうだな……」

「本当になんでもいいんです。例えば、ジロウ兄さんが生物魔法を知った経緯だけでも」

私がそう言うと、ジロウ兄さんは思案するようにして顎の下に手をおく。

「生物魔法を知った経緯となると、長い話になるかもしれない……」

そう言って、ジロウ兄ちゃんは、つらつらと語り始めたのだった。


〈『転生少女の履歴書11』へつづく〉

ヒーロー文庫

転生少女の履歴書 10

唐澤和希

2020年8月10日　第1刷発行

発行者　前田起也

発行所　株式会社　主婦の友インフォス
〒101-0052 東京都千代田区神田小川町 3-3
電話／ 03-6273-7850（編集）

発売元　株式会社　主婦の友社
〒141-0021
東京都品川区上大崎 3-1-1 目黒セントラルスクエア
電話／ 03-5280-7551（販売）

印刷所　大日本印刷株式会社

ISBN 978-4-07-443921-8

■本書の内容に関するお問い合わせは、主婦の友インフォス ライトノベル事業部（電話 03-6273-7850）まで。■乱丁本、落丁本はおとりかえいたします。お買い求めの書店か、主婦の友社販売部（電話 03-5280-7551）にご連絡ください。■主婦の友インフォスが発行する書籍・ムックのご注文は、お近くの書店か主婦の友社コールセンター（電話 0120-916-892）まで。※お問い合わせ受付時間　月～金（祝日を除く）　9:30 ～ 17:30
主婦の友インフォスホームページ　http://www.st-infos.co.jp/
主婦の友社ホームページ　https://shufunotomo.co.jp/